候鳥的勇敢

遲子建

我們與鶴的距離

王德威

遲子建來自中國領土的最北端，黑龍江省漠河縣北極村。漠河位於大興安嶺北部，與內蒙古額爾古納自治區接壤，北隔黑龍江與俄羅斯外貝加爾邊疆區和阿穆爾州相望。這裡山陵、河道縱橫，夏季林木蔥蘢，冬季長達六個月。漢、滿、蒙、朝鮮、鄂倫春、鄂溫克、赫哲、錫伯等族匯聚於此，甚且時見俄國人和俄國文化蹤跡。

對海外甚至中國大陸的讀者而言，這是遙遠的北國邊疆。這塊土地卻也是遲子建生長、歌哭於斯的所在。她的故事自北極村輻射而出，盡攬大東北地區的自然環境、人事風土：從二十世紀初的大鼠疫到滿洲國興亡，從額爾古納河畔鄂溫克族的式微到大興安嶺「群山之巔」的當代眾生群相。她的作品同時銘刻了個人生命最深切的悲傷。

「鄉土文學」不足以形容遲子建筆下的世界。她所刻畫的是一個地域文明的創造和創傷。東北是傳統「關外」應許之地，卻也是中國現代性的黑暗之心，遲子建筆下的世界是地域文明的創造，也是創傷。十九世紀末，成千上萬的移民來此墾殖，同時引來日本與俄國勢力競相角逐。共產黨革命從東北開始席捲大陸，半個世紀後社會主義破產，「下崗」狂潮同樣迸發於東北並遍及全國。東北文化根底不深，卻經歷了無比劇烈的動盪。而在此之外的是大山大水，是草原，是冰雪，彷彿只有龐大的自然律動才能解脫或包容一切。

現代中國文學中的東北書寫，最為人熟知的莫過於蕭紅（一九一一—一九四二）。蕭紅也來自黑龍江，她的作品《生死場》、《呼蘭河傳》早已成為經典，而她的坎坷遭遇和早逝也折射出一代女性作家的艱難考驗。蕭紅和

三、四十年代同時崛起的文藝青年——包括曾經與她有過情緣的蕭軍、端木蕻良、駱賓基等——曾被形容為「東北作家群」。他們的創作和流亡，抗爭和妥協，也是日後文學史的重要話題。

新中國建立，東北每每成為大敘事的場景（如《林海雪原》，或知青、流放寫作），但以文壇表現而言，似乎總少了「關內」的丰采。八〇年代以來，劉賓雁的報導文學，馬原、洪峰、鄭萬隆等的尋根、先鋒小說都曾經引起注意。但在質與量上可長可久的，唯有遲子建。她擅長不同規模和題材的敘事，下筆清明健朗，不乏低迴綿密的弦外之音。在描寫山川和歷史之餘，她最關心的還是東北的人世風景，點點滴滴，無不有情。她最新的中篇小說《候鳥的勇敢》正呈現了這樣的特色。

世界上所有的夜晚

一九八六年，遲子建以中篇《北極村童話》嶄露頭角。小說描寫北極村一個七歲小女孩和姥姥的一段生活紀事。野地的生物，姥姥的神怪故事，飄零的「老蘇聯」和傻子，還有失去至親的隱痛，讓小女孩瞬間成長。這是青年遲子建的本色書寫，充滿鮮活氣味，評者也往往以蕭紅的童年系列如《家族以外的人》，或林海音《城南舊事》與之相提並論。但日後她將證明自己的獨到之處。她沒有蕭紅那樣融合戰亂、流浪、抒情的奇特經驗，卻更能靜定的觀察、體會民間的底色和土地的悸動。而比起林海音的鄉愁書寫，她顯然從來不為京城或四合院所局限，而有了天地悠悠的興嘆。

這些年來遲子建創作不輟，長篇如《滿洲國》、《額爾古納河右岸》、《白血烏鴉》、《群山之巔》等屢受好評，中短篇數量也極為驚人。有意無意間，她似乎以小說為東北打造另一種歷史。在這方面她讓我們想到王安憶，後者一樣從女性的敏銳視野，人類學者般的好奇為上海演義傳奇。而東北何其廣闊！遲子建可以任想像馳騁的空間顯然要龐大許多。

一般論遲子建著作多半著重她的長篇。這些作品體制恢宏，充滿大開大闔的氣魄。《白雪烏鴉》寫清末東北大鼠疫肆虐下，流民與移民的謀生試煉。《滿洲國》顧名思義，直面中國現代史的禁區，呈現溥儀王朝可涕可笑的始末。《群山之巔》則瞄準當代東北複雜糾結的小城生活，而其黯淡無解的一面正戳中這塊土地「感覺結構」的要害。《額爾古納河右岸》白描鄂溫克族邁入現代的最後遭遇，曾獲得中國小說界最重要的茅盾文學獎。鄂溫克人以馴鹿為生，沿額爾古納河逐水草而居，歷經二十世紀文明種種衝擊，終難避免同化、式微的宿命。小說以一個老去的女族長視角，娓娓敘述這個族群的來龍去脈，憂傷動人。

但我以為遲子建真正的才華所在是她的中篇小說。九〇年代以來，她持續創作超過五十部中篇。這些作品所形成的分量絕不亞於長篇的意義。中篇小說題材可以不拘，但因體例關係，自然形成獨特風格。遲子建對此有自己的看法：「如果說短篇是溪流，長篇是海洋，中篇就是江河了……一般來說，溪流多藏於深山峽谷，大海則遠在天邊，而縱橫的江河卻始終縈繞著我們。從這個意義上說，中篇的文體更容易貼近我們的生活，我們可以在江河上看見房屋和炊煙的倒影，聽見槳聲，也聽見歌聲。」[1] 最重要的，遲子建認為中篇可以傳達一種「氣韻」：「氣韻貫穿在字裡行間，是作品真正的魂。」[2]

文類體制的定義見仁見智，遲子建的觀察不無現身說法的意圖。在現實主義範疇內，短篇小說講究結構字質，每以靈光一現的情緒／情境帶來敘事高潮或反高潮。長篇浩浩湯湯，經營錯綜的情節線索，辯證獨特的神思或史觀。相形之下，中篇另闢蹊徑，饒有短篇的妙趣而賦予更多肌理，追求長篇的視野而不必窮盡情理。她所謂中篇的「氣韻」應該不止古典定義而已，也強調一種技巧的經營，甚至一種閱讀效果的召喚。的確，就像一場舞台劇，一席交響樂，中篇的體制容納了起承轉合的結構，卻又能藉著文字意象甚至情節「異象」，點出情緒或題材的要義。

現代西方小說不乏中篇經典。亨利・詹姆斯（Henry James）的《碧盧冤孽》，湯瑪斯・曼（Thomas Mann）的《魂斷威尼斯》，弗蘭茲・卡夫卡（Franz Kafka）的《蛻變》，約瑟夫・康拉德（Joseph Conrad）的《黑暗之心》，詹姆斯・喬伊斯（James Joyce）的《死者》，阿伯特・卡繆（Albert Camus）的《異鄉人》只是信手拈來的例子。中國現代中篇傑作裡，沈從文《邊城》的抒情感觸，趙樹理《李有才板話》的泥土氣息，張愛玲《傾城之戀》的華麗蒼涼，都富有遲子建所描述的「氣韻」，更不論前述蕭紅的《生死場》、《呼蘭河傳》。當代作家中，阿城的《棋王》、蘇童的《妻妾成群》、

1 遲子建，《北極村童話》（北京：人民文學出版社，二〇一四），自序，無頁碼。
2 同上。

王安憶的《小城之戀》、李渝的《金絲猿的故事》，郭松棻的《雙月記》，甚至王小波的《黃金時代》，也都各有所長。

是在這樣的譜系裡，我們回看遲子建中篇創作。我認為，她的「氣韻」首先來自一種說故事人的姿態。她以親切而世故的口吻，娓娓講述東北的形形色色：哈爾濱棚戶區一段完而不了的中俄之戀（《起舞》）；一個農民和他買來的妻子間從生前無情到死後有情的變化（《芳草如歌的正午》）；名為美奴的女孩經歷初戀和死亡的情感教育（《岸上的美奴》）；一個酒鬼透過一隻魚鷹省悟了愛的意義和徒然（《酒鬼的魚鷹》）；一對農村祖孫面對生活和生死不同的嚮往（《日落碗窯》）……臘八夜裡布基蘭小車站上一對老夫婦不得不說出他們的難言之隱（《布基蘭小站的臘八夜》）；內蒙大草原的傳奇歌聲埋藏了一生一世的悲傷情事（《草原》）……。

這樣的介紹當然不足以說明遲子建敘述風格的飽滿厚實。那些鮮活的場景人物、不憚其煩的細節描述，無不顯示現實主義的真傳，而她行腔遣辭又往往保有說書人縱觀全局的姿態。左翼批評者會喜歡遲子建的作品，因為其中觸及大量底層人物和少數民族的生活。但她顯然不為社會主義教條所困，她所關心的人和社會必須放在更大的格局裡才有意義：那是人的喜怒哀樂，物——事物、動植物、萬物——的離合聚散，還有或隱或顯的傳說與神話所共同構築的東北生態。評者往往讚美她作品的溫暖悲憫，其實仔細讀來，字裡行間更多的是對生命不由自已的憂疑，乃至天地不仁的感喟。

只有把一切化為故事吧！中篇的格局提供遲子建最好的形式，完成一場和命運的對話。就像在世界上所有的夜晚裡，萬籟歸於寂靜，一盞孤燈陪伴，說故事人開始了她的講述：曾經的渴望，無奈的錯過，耽誤的行程，偶然的邂逅，突來的死亡，還有那無數的愛戀、傳奇、野獸、山野、江河、風暴……。生命的故事，或故事的生命，一遍又一遍，開始了又結束了。我們追隨其中的轉折，有涕有笑，思索，不忍，嘆息。夜深了，故事戛然而止。我們回過神來，喟然而退。

這讓我們聯想本雅明（Walter Benjamin）那承載原初敘事力量和社會性的「說故事的人」[3]。但必須強調的是，在後社會主義體制裡，尤其在國家領導人席捲了「講好中國故事」的權力下，遲子建要說的故事蘊藏更大張力。世道變了，故事還能講得下去麼？本雅明感嘆時不我予，純粹的、攸關眾生的故事不再可得。遲子建卻反其道而行：唯其因為東北的價值裂變、信心散落如此之快，她反而必須述說她的故事。

於是有了像《空色林澡屋》（二〇一六）這樣的故事。一個師老兵疲的森林探險隊深入烏瑪山區，從嚮導處聽說了空色林澡屋和女主人的傳奇。夜靜山深，百無聊賴，探險隊員開始比賽講述自己一生最大的不幸，爭取探訪澡屋的優先權。就在眾人沉浸在故事接龍裡，嚮導卻神祕消失。故事急轉直下，所謂空色林澡屋查無此地，而參與接龍故事的隊員是否真有那麼「不幸」，也變得可疑起來。故事將近，遲子建寫道：

不管空色林澡屋是否真實存在，它都像離別之夜的林中月亮，讓我在紛擾的塵世，接到它淒美而蒼涼的吻……真名和假名，如同故事中的青龍河與銀河，並無本質區別，因為它們在同一個宇宙中，渡著相似的人。[4]

而當說故事人所要「渡」的人是至親之人時，故事要如何講下去？本雅明未曾觸及一個難題：一旦說故事人離開設定的講述位置，要怎樣體現現實與虛構，最私密的與最公開的關聯性？

《空色林澡屋》的敘述形式和象徵其實有前例可尋，就是遲子建最膾炙人口的《世界上所有的夜晚》（二〇〇五）。一個突然失去魔術師丈夫的女子，為了排遣巨大憂傷，啟程前往紅泥泉作泥浴療養，「只想把臉塗上厚厚泥巴，

3 本雅明（Walter Benjamin）：〈講故事的人：論尼古拉．列斯克夫〉，漢娜．阿倫特（Hannah Arendt）編，張旭東、王斑譯：《啟迪：本雅明文選》（北京：三聯書店，二〇〇八）。

4 遲子建，《空色林澡屋》（武漢：長江文藝出版社，二〇一六），頁六五。

不讓人看到我的哀傷。」她卻陰錯陽差來到一個盛產煤礦和寡婦的小鎮，捲入一系列的懸疑和死亡事件。苦難、不公和死亡瀰漫小鎮，每個人似乎都能講上一段不幸的故事。主人翁赫然理解生命的故事無他，就是「死亡」如之何的故事。她從而開始與命運和自己和解。

《世界上所有的夜晚》是遲子建最迷人、也最沉痛的中篇故事。她以三萬字的篇幅編織極緊密的敘事結構，層層疊疊，儼然邀請我們深入礦坑般危機四伏的深處；窒息的恐懼，死亡的謎團，最後峰迴旋路轉，魔術般悄然而止。而在《世界上所有的夜晚》之外，早已流傳太多關於這篇小說的「真相」：這是一篇悼亡之作。以此遲子建悼念結婚僅四年，卻在二〇〇二年意外中突然離去的丈夫[5]。

作為說故事的人，當遲子建說出它親臨生死場的遭遇時，我們為之肅然。她揭露生命中無言以對的場合，真實和神祕蹉撞的時刻。哀傷沉澱，啟悟乍生，她為本雅明的名言作了最不可思議的註腳：

講故事者有回溯整個人生的稟賦。他的天資是能敘述他的一生，他的獨特之處是能鋪陳他的整個生命。講故事者是一個讓其生命之燈芯由他的故事的柔和燭光徐徐燃盡的人。這就是環繞於講故事者的無可比擬的氣息的底蘊，無論在列斯克夫、豪夫（Hauff）、愛倫．坡（Allan Poe）和斯蒂文森（Stevenson）都是如此。在講故事人的形象中，正直的人遇見他自己。[6]

世界上所有的夜晚裡，故事展開，千迴百轉，最終「讓正直的人遇見他自己」——這是遲子建中篇美學的氣韻所在。

5　遲子建，〈春天最深切的懷念〉https://www.weibo.com/p/2304183faf54af0102w5bw?from=page_100505_profile&wvr=6&mod=wenzhangmod。

6　同註3，頁一一八。

「一世界的鵝毛大雪，誰又能聽見誰的呼喚！」

《候鳥的勇敢》發生在東北北部金甕河畔候鳥保護區。那裡河道沼澤密布，是候鳥棲息繁衍的天然環境。冬去春來，「金甕河完全脫掉了冰雪的腰帶，自然地舒展著婀娜的腰肢。樹漸次綠了，達子香也開了，草色由淺及深」。南下避冬的候鳥回到保護區，在這裡覓食、嬉戲、擇偶，育雛。但這樣的自然場景不能遮蔽生物鏈的弱肉強食的現實。看似平靜無波的生態下，適者生存的規律不斷循環演出。而人類所扮演的角色無比曖昧。

為了保護觀察候鳥來去，金甕河畔設立了候鳥管護站。這是人類與候鳥和沼澤區互動的前哨。管護站的兩端，一邊是熙熙攘攘的瓦城，一邊是阿彌陀佛的松雪庵。瓦城是東北小城的縮影，有著一切現代化的場面，但因循苟且的習性根深蒂固。隨著消費革命，瓦城一部分有錢人也流行冬季南下避寒。他們形成了一種候鳥人，和留守人形成對比。冬天「候鳥人紛紛去南方過冬了，寒流和飛雪，只能鞭打留守者了」。不可思議的是，趁著候鳥回歸，候鳥人也回來了，而且食指大動，透過管道，稀有保育禽類成為他們的美食。

另一方面，松雪庵雖然是清靜之地，住持其中的三位尼姑卻各有來頭。而松雪庵本是地方政府為發展觀光所建。對一般遊客而言，松雪庵求子靈驗無比，反而以娘娘廟知名。

故事由此展開。候鳥站站長周鐵牙八面玲瓏，偷捕列為保護的野鴨，作為達官貴人的進補珍品。未料禽流感肆虐，引發人命事件——這可是候鳥的復仇麼？站裡雇工張黑臉十一年前在山上遇到老虎，驚恐過度成為痴呆，唯獨記得受到一隻似鶴的大鳥保護。與此同時，謠傳松雪庵飛來送子鶴，一時香火鼎盛。

至此，遲子建講故事的本領得見一斑。她從候鳥與留鳥的對照延伸出種種線索：和諧社會和生態危機，氣候變遷和階級對立，資本循環和疾病傳染，拜物消費和求子神話等相互交纏，形成意味深長的後社會主義寓言。而東北作為這一片烏煙瘴氣的癥結所在，意義不言可喻。但故事未完。遲子建更要鋪陳一段傳奇，人的傳奇，鳥的傳奇。因而她的敘事陡然有了抒情向度。

張黑臉憨厚痴傻，尤其與鳥獸蟲魚靈犀相通。因為松雪庵飛來祥鶴，因緣際會，他與師父德秀越走越近。這德秀原是瓦城平凡女子，走投無路下勉強出家。她與張黑臉眉來目去，不能自已。故事高潮，兩人光天化日下成其好事。一個粗曠無文的痴漢和一個六根不淨的尼姑有了真情，甚至互許終身，聽來不可思議，但遲子建顯然認為精誠所至，傳奇不奇——這是說故事的魅力了。遲子建對小人物的情感世界一向心有慼慼焉，《草原》、《酒鬼的魚鷹》都是很好的例子。這一次她走得夠遠，以張黑臉和德秀師父的真情反照周遭人物，包括至親和子女的薄情和無情。

所有情節最終歸結到「候鳥的勇敢」的象徵意義。小說中救了張黑臉一命的神鳥、或娘娘廟的送子鶴其實都是想當然爾的命名。遲子建告訴我們，那大鳥的學名是東方白鸛，國家一級保護鳥類。東方白鸛「白身黑翅，上翹的黑嘴巴，纖細的腿和腳是紅色的，亭亭玉立，就像穿著紅舞鞋的公主，清新脫俗」。在西方，白鸛的確被視為送子鳥，而在中國，則更常和鶴類混為一談，引為祥瑞的象徵。但新時代裡，祥瑞的象徵卻瀕臨絕種。

故事裡白鸛突然現身金甕河保護區，讓張黑臉驚喜不已。一對白鸛甚至飛入娘娘廟築巢育雛，引來求子人潮，間接促成張黑嘴與德秀的好事。夏去秋來，又到了候鳥南遷的季節，娘娘廟裡的雄性白鸛卻因覓食傷腿，難以飛翔。就在最後一批白鸛南飛後，張黑臉發現斷後的雌鳥折返——正是那隻傷鳥的伴侶，送走了幼鸛之後竟然回來。兩隻白鸛相濡以沫，不忍分開。然而冬天風雪迫近，牠們無論如何必須飛離了。牠們與「時間賽跑，很少歇著。牠們以河岸為根據地，雌性白鸛一次次領飛，受傷白鸛一遍遍跟進，越飛越遠，越飛越高，終於在一個灰濛濛的時刻，攜手飛離了結了薄冰的金甕河」。

張黑臉對這對白色大鳥的關注，何嘗不投射自己與德秀師父的深情。遲子建的動物寓言至此呼之欲出。或有讀者覺得《候鳥的勇敢》的敘事不論對人間的諷刺或對鳥類的寄託，都失之過露。遲子建或許會如此回應：故事不得不如此講述。回到上述對本雅明理論的闡釋，說故事的人不只是小說家。她的故事不僅意在營造逼真的情景或拍案叫絕的情節而已。恰恰相反，她所講述的內容可能平白熟悉，道理可能一目了然，但講述者的謙卑與投入使得故事有了新生命。但說故事者也不是道德寓言家，因為明白所有的大道理之後，生命的大陷落、大黑暗如影隨形，一言難盡。任何想當然爾的總結都是徒勞。本雅明如是說：「死亡是講故事的人能敘說世間萬物的許可。他從死亡那裡借得權威，換言之，他的故事指涉的是自然的歷史。」[7]

據此，我們來到故事的結局。那對東方白鸛畢竟沒有逃過「命運的暴風雪」。當張黑臉和德秀找到牠們，發現「兩隻早已失去呼吸的東方白鸛，翅膀貼著翅膀，好像在雪中相擁甜睡。」張黑臉和德秀在風雪中埋葬了牠們。天色已黑，他們拖著疲累的腳步企圖找到來時之路：

竟分不清東西南北了，狂風攪起的飛雪，早把他們留在雪地的足跡蕩平。他們很想找點光亮，做方向的參照物，可是天陰著，望不見北斗星；更沒有哪一處人間燈火，可做他們的路標。

張黑臉和德秀最終命運如何，我們不得而知。「一世界的鵝毛大雪，誰又能聽見誰的呼喚！」在另一部小說《群山之巔》裡，遲子建如是喟嘆著。

我們與鶴的距離

《候鳥的勇敢》後記裡，遲子建曾談到創作這部小說的機緣。在丈夫去

7 同註3，頁一二〇。

世的前一年夏天的一個傍晚，他們在河岸散步，突然草叢中「飛出一隻從未見過的大鳥，牠白身黑翅，細腿伶仃，腳掌鮮豔，像一團流浪的雲，也像一個幽靈」[8]。遲子建的丈夫說那一定是傳說中的仙鶴。但仙鶴緣何而來？為何形單影隻，拔地而起，飛向西方？丈夫走後，遲子建的母親感嘆，那鳥出現之後女兒失去了愛人，可見不是吉祥鳥。但遲子建不作此想：人生一瞬，誰又不是隨時準備離開呢？[9]

鶴是《候鳥的勇敢》書裡書外最重要的隱喻。人們願意相信有關鶴的種種，因為那是中國動物神話元素之一，從傳統延續現在。然而，不論是在《候鳥的勇敢》小說文本或後記裡，遲子建都寫明那被稱為鶴的大鳥，其實是東方白鸛。鸛與鶴兩者乍看相似，從體型和聲音、習性卻有許多不同[10]。小說和現實裡，我們指鸛為鶴，除了因為認識論上歸類的誤差，也帶有寧願信其有的情感投射。但就在這裡，我們窺見的遲子建小說美學之一斑：鸛與鶴，真實與神話間的差距可以很遠，也可以很近。折衝兩者之間，小說家要如何拆解或還原現實，創造或顛覆想像？

遲子建眼下的東北是個失真的世界。瓦城人蠅營狗苟，猥瑣不堪。事實上，從《群山之巔》以來，她對社會敗德不義的現象的描寫越來越為直白。《候鳥的勇敢》裡為私利盜竊稀有禽鳥的鳥類觀護員，偷情的尼姑，欺瞞父母的子女，上下其手的官僚還只是表面現象。是從錢有閒的候鳥人的來去裡，遲子建看出人心浮動的真正危機。「瓦城本來是一條平靜流淌的大河，可是秋末冬初之際，這條河陡然變得一半清澈一半渾濁，或是一半光明一半黑暗，涇渭分明。……瓦城人普遍認為，如今的有錢人，一部分是憑真本事、靠自己的血汗掙出來的，另一部分是靠貪腐、官商勾結得來的不義之財而暴富的。在他們沒有案發前，可以過著錦衣玉食的日子。在老百姓眼裡，這一部分的人比例要

8　遲子建，〈後記：漸行漸遠的夕陽〉，見本書頁二六〇。

9　遲子建，〈後記：漸行漸遠的夕陽〉，見本書頁二六〇。

10　〈你能分清鸛和鶴麼？〉http://www.xinhuanet.com/science/2018-08/26/c_137415413.htm。

高，也最可憎。」[11]

只有在飛鳥的世界裡，在有關鶴的傳說裡，我們才能寄託對善、對生命高華潔美一面的嚮往吧！當東方白鸛被誤認是神鳥、是仙鶴時，神話裡的真實因而有了現實的投影。中國文化想像中的鶴破空而來，飄然而去，玄雅孤獨，不可捉摸。在小說裡，張黑臉以其憨直天真，成為人與那巨鳥間最真誠的傳訊者。而在小說之外，那「看見」仙鶴的不是別人，正是作者思念不已的愛人。

遲子建曾有一篇文章懷念丈夫，其中提到當她清理丈夫辦公室遺物時，發現了一本日記，寫的盡是一個抵抗俗世之人的真心話：「現在金錢無孔不入，寧肯得罪人也要拉下臉來。」這是一個自尊自敬的真人，一個值得作家魂牽夢縈的摯愛。「作為妻子，我深深地了解他的內心世界。總有一天，我會寫出一部書來告慰他。」[12]遲子建何止寫出一部書來？她在世界上所有的夜晚裡的書寫都是為了一個人而作。

追根究底，《候鳥的勇敢》是一本傷逝之書，鸛與鶴都是遲子建叩問故人的密碼。遲子建的後記顯然打破《候鳥的勇敢》文本內外局限，為已經令人扼腕的結局增添感傷的向度。傳統形式主義者或對此認為不足為訓，然而「知人論世」原本就是中國文學的本色。遲子建橫跨虛構與紀實的寫作其實更促使我們深思，什麼是小說的「距離的美學」。

《候鳥的勇敢》其實讓我們聯想另外一位女作家的書寫。那就是李渝的〈待鶴〉（二〇一二）。李渝（一九四四—二〇一四）和郭松棻（一九三八—二〇〇五）是華語文學界的傳奇。他們曾參與六、七〇年代海外保釣運動，並為此付出巨大代價。多少年後，他們投入文學創作，寫出一篇又一篇作品。這些作品表面全無火氣，但字裡行間的審美矜持是如此凌厲自苦，恰似一種理想精神的變貌。

11 見本書頁七一—七二、一五二。
12 遲子建，〈春天最深切的懷念〉。

一九九七年郭松棻突然中風，二〇〇五年猝世，兩次打擊讓李渝難以為繼。她深陷憂鬱症，最後因此自尋解脫，離開世界。〈待鶴〉中的情節帶有作者至痛的烙印。故事從一幅有鶴的宋代古畫開始。據傳公元一一一二年正月，有鶴群飛舞在北宋宮殿金頂上，輕盈曼妙；書畫雙絕的徽宗皇帝目睹奇觀之餘作《瑞鶴圖》。由此敘事者筆鋒一轉，述及在紐約與一位不丹公主的邂逅，緣起於公主身著織有鶴形圖案的長裙。藉著公主的「渡引」，敘事者飛往不丹，為了一睹傳說中金頂寺群鶴飛翔的奇觀，也為了鑑賞新出土的藏經窟古畫。

然而第一次的旅行中嚮導意外喪命，之後敘事者本人也墜入了生命的憂鬱之谷。三年之後她再到不丹，行行復行行，終於來到埡口斷崖，等待奇觀——以及奇蹟——出現。但那傳說中的鶴到底來不來呢？癡癡望著重巒疊谷，暮靄森森，山川與色相互掩映，陰晴交錯，纏綿不已。這是隱晦的一刻，也是希望的一刻。「怎麼辦……又要看不到了嗎？」敘事者不禁憂疑。朦朧之中，倒有一個熟悉的身影降臨：

「別擔心，明天會是個好天的。」
「啊，是誰，還有誰，是松茶呢。」[13]

從〈待鶴〉到《候鳥的勇敢》，我們不難看出語境相似之處。作者都有心跨越虛實，為故人招魂。必須強調的是，創傷是無從「比較」的。當事人歷經劫毀，自嚙其心，旁人沒有置喙的餘地。我們要探問的是，痛定思痛，有沒有另一種方法在銘刻往事的同時，又能超越時間和記憶的局限？在此，兩位作家採取了不同方式。

以往李渝的小說雖然不乏自傳素材，但從來沒有像〈待鶴〉一樣，如此逼近她本人的生命經驗——而且是不足為外人道的經驗。小說中段，敘事者再入不

13 李渝，〈待鶴〉，《九重葛與美少年》（台北：印刻，二〇一三），頁五一。

丹，與當年失足落入深谷的嚮導遺孀會面，短短數年，恍若隔世。於此敘事者跳接到自己罹患憂鬱症的就診回憶。異國山巔要命的斷崖深淵與都市叢林中惺惺作態、吃人不吐骨頭的心理治療形成對照；這兩段情節又各自延伸意外的轉折。

李渝揉和古典藝術和異國情調，現代行旅和私人告白，幾乎像是要試驗敘事技術的極限可能。我曾在他處討論李渝「多重渡引」的敘事手法。她的技巧始於「布置多重機關，設下幾道渡口，拉長視的距離」。「我們有意無意的觀看過去，普通的變得不普通，寫實的變得不寫實，遙遠又奇異的氣氛又出現了」[14]。

李渝「多重渡引」的手法充滿現代主義暗示。相對於此，遲子建所依據的是現實主義的訓練。她的情節不論如何複雜，她的底線，如前所述，是實實在在說出她的故事：一個地久天長，人同此心的故事。兩位作者出虛入實，聲東擊西，都演義切身之痛。這裡沒有技巧高下之分，而純是小說家如何理解文字與世界的關係，如何呈現「距離的組織」[15]。

對李渝而言，藝術，從巨匠傑作到民間工藝，從繪畫到建築，似乎給出了答案。而鶴以其曼妙莫測的飛翔，為藝術的昇華力量作出具象的、行動的演出。她在宋代的畫作裡，在喜馬拉雅山藏經窟的圖卷裡，在不丹女子的裙襬上，在峭壁的佛寺金頂上，更在自己的文字創作裡尋找可能。

對遲子建而言，她心之所繫不是藝術，而是人間。她所關注的人間煙火總是紛擾糾纏，他筆下的凡夫俗女總是懵懵懂懂。有的把人生過好了，有的把人生過壞了，但終歸是在善與惡的邊緣打轉。作為說故事者，遲子建觀察他們的行為氣性，以種種方式暴露、嘲諷，同情，感嘆，終而理解人之為人的局限。人生實難，惡的陰霾如影隨形，「人生就是這樣吧，你努力洗掉的塵垢，在某個時刻，又會劈頭蓋臉朝你襲來。」[16]她的敘述透露強烈的倫理動機，而她的關懷延伸到自然世界，《候鳥的勇敢》的書名已經透露端倪。

---

14 李渝，〈無岸之河〉，《夏日踟躕》（臺北，麥田，二〇〇二），頁四四。

15 此處套用卞之琳名詩之題。

16 遲子建，《空色林澡屋》。

在我們度量與惡的距離時，如何想像、詮釋善？以鶴為名，兩位作家呈現巧妙對話。李渝嚮往鶴的境界，尋尋覓覓，終於來到了想像的化外之地。在喜瑪拉雅山斷崖邊，她期待金頂寺的鶴群降臨而未可知。遲子建書裡書外提及鶴種種傳奇，但驀然回首，看見的卻不是鶴，而是東方白鸛。回歸現實，她從白鸛的觀點投射人間情況，更重要的，看見承載、也掩埋人間的泥濘、江河、風霜、自然。

李渝待鶴，終以隨鶴而去，完成對至愛與純美的追求。遲子建徜徉夕陽映照的松花江畔，在候鳥紛飛起落中，思人感物，且行且止，思索候鳥的勇敢。從北極村裡初經世故的小女孩，到額爾古納河畔與亡靈共存的年邁女族長，遲子建繼續述說著東北的故事，也是自己的故事，在世界上所有的夜晚。

王德威，美國哈佛大學Edward C. Henclerson講座教授。

目次

第一章

早來的春風最想征服的，不是北方大地還未綠的樹，而是冰河。那一條條被冰雪封了一冬的河流的嘴，是它最想親吻的。但要讓它們吐出愛的心語，談何容易。然而春風是勇敢的，專情的，它用溫熱的唇，深情而熱烈地吻下去，就這樣一天兩天，三天四天，心無旁騖，晝夜不息。七、八天後，極北的金甕河，終於被這烈焰紅唇點燃，孤傲的冰美人脫下冰雪的衣冠，敞開心扉，接納了這久違的吻。

連日幾個攝氏零上十三、四度的好天氣，讓金甕河比往年早開河了一週。所以清明過後，看見暖陽高照，金甕河候鳥自然管護站的張黑臉，便開始打點行裝，準備去工作了。而他的女兒張闊，巴不得他早日離家。她怕父親像往年一樣，十天半月地回城剃頭，又會神不知鬼不覺地現身家裡，帶來意想不到的尷尬和麻煩，所以特意買了一套剃頭工具，告訴他可以讓管護站的周鐵牙幫他剃頭。

「剃頭得去剃頭鋪，周鐵牙又不是剃頭的。」張黑臉拒絕把剃頭用具放入行囊。

「那就讓娘娘廟的尼姑幫你剃，反正她們長出頭髮也得剃，又不差你這顆頭！」張闊說。

張黑臉把手指豎在嘴上，輕輕噓了一聲，對女兒說：「輕點，讓娘娘廟的聽見，可了不得。」

張闊撇著嘴，腮邊的肉跟著向兩邊擴張，臉顯得更肥了，她說：「隔著一百多公里呢，她們要是聽得見，閻王爺都能從地下蹦出來，上馬路指揮交通了！」

「呵，哪朝哪代的尼姑給酒肉男人剃過頭？那不是骯髒了她們嗎，使不得。」張黑臉咳嗽一聲，把剃頭工具當危險品推開。

張闊急了，她喊來七歲的兒子特特，讓他背朝自己，給父親演示如何剪頭。剃頭推子像割麥機似的，在特特頭上「咔噠——咔噠——」走過，特特的頭髮，便秋葉似的簌簌而落，她一邊剪一邊高聲說：「瞧瞧呀老爹，就這麼簡單，傻子都會用！周鐵牙和尼姑不能幫你的話，你對著鏡子，自己都能剃！」

張闊沒給特特罩上理髮用的圍布，剪落的頭髮茬落入他脖頸，扎得慌，他就像被冰雹拍打的雞鴨，縮膀縮脖的。他不想受這折磨，抖掉髮屑，溜出門外。太陽正好，泥濘的園田中落了幾隻嘰嘰喳喳的麻雀，正啄食著什麼。特特覺得它們入侵了家裡雞鴨的領地，十足的小偷。反正愛鳥的姥爺在屋裡與母親說話，目光沒放在他身上，特特便撿起房山頭的兩塊石子，撇向它們，教訓這群會飛的傢伙。受驚的麻雀噗嚕嚕地飛起，像一帶泥點，濺向那海藍襯衫似的晴空。

張闊見父親不肯帶剃頭用具，不再強求。自打十一年前他被老虎嚇呆後，腦子就與以前不一樣了。他感知自然的本能提高了，能奇妙地預知風雪雷電甚至洪水和旱災的發生，但對世俗生活的感受和判斷力，卻直線下降，靈光不再。父親以前性格開朗，桀驁不馴，而現在話語極少，呆板木訥，似乎誰都可對他發號施令。像今天這樣能與女兒爭執幾句，在他來說已屬罕見。

張黑臉帶的東西，是換洗衣物，麅皮褥子，鍋碗瓢盆，洗漱用具，常用藥品，蠟燭火柴，各色菜籽，手電筒，望遠鏡，刮鬍刀，雨衣，蚊帳，菸斗，軍棋，漁具等往年用的東西。張闊發現父親沒帶黃煙葉，就說：「帶了菸斗不帶菸葉，你吸什麼？西北風嗎？」

張黑臉有些慌張地說：「可不是，我咋忘了菸斗的口糧呢。」

張闊靈機一動，對父親說：「老爹啊，其實你不帶剃頭推子也行。現在男人都愛留長髮，有派頭！這兩年來咱這裡的遊人，我沒見一個男人是禿瓢，他們的頭髮大都到耳朵邊，有的留得更長，還有紮成馬尾辮的，看著可瀟灑呢。」

張黑臉一邊用舊報紙包裹黃菸葉，一邊「哦」著，似在答應。

張闊備受鼓舞，說：「老爹要是能把頭髮一直留到秋天，一定比電視裡那些武林大俠還帥！」

張黑臉「嘿嘿」笑了兩聲。

張闊湊近父親，推進一步說：「到時好萊塢電影明星也比不上你！」

女兒這一湊近，張黑臉聞到她身上一股達子香的氣味，他抽了抽鼻子，嘀咕道：「你上山採花了？」

沒等女兒解釋，電話響了，張闊忙著接聽，是周鐵牙打來的，他說：「告訴你那呆子老爹，今年開河早，讓他趕緊收拾收拾東西，明天一早我開車接他，去管護站了！」

「他都收拾好了，現在走都沒問題！」張闊說。

周鐵牙說：「給他多帶幾包衛生紙，這呆子不捨得用紙，老用樹葉和野草擦屁股，也弄不乾淨，跟他在一個屋簷下，就像住在茅房裡！」

「管護站又不是沒錢，您也不能摳門到連幾卷衛生紙都不給買吧？才幾吊錢啊。」張闊毫不客氣地說。

周鐵牙說：「那錢都是給候鳥買糧用的，誰敢亂花？」

張闊嘻嘻笑了，說：「周叔，誰不知道您當了管護站站長後，煙酒的牌子都上了一個檔次？您捏腳的地方，也不是街邊小店的了，是大酒樓的豪華包間了！」

「誰他媽背後瞎傳的？」周鐵牙不耐煩地說：「我得修修車去，不跟你囉嗦了。你要是不給你爹帶衛生紙也行，讓他今年在家待著吧。反正這城裡閒人多，找個餵鳥的還難麼！」

「老爹愛鳥，咱這半個城的人都知道吧？您想找比老爹呆的，聽話的，懂行又敬業的，好找嗎？」張闊帶著威脅的口吻說：「站長呀，這幾年裡，您偷著從管護站帶出來的野鴨子，賣給了哪家酒樓和飯莊，我都知道，雖說您有後台，但這事要是被捅出去，您這候鳥管護站成了候鳥屠宰場，濫殺野生動物，都夠坐牢的啦！」

周鐵牙在電話那頭恨得直咬牙，說：「誰他媽這麼栽贓我？老子還要告他誣陷罪呢。候鳥那都是我的親爹娘，我恭敬還來不及呢。我帶回的野鴨，都是病死的，有林業部門證明的。不就幾包衛生紙嗎，瞧您當閨女的這個小氣，不用你買了，我給你老爹備足了，夠他擦三輩子屁股的！」

「周叔，這就對了麼。」張闊眯著眼樂了。

張黑臉把黃菸葉捆好後，想著菸斗對應的是黃菸葉，自己都給落下了，別再忘帶啥東西，所以他在打點的物品中，一樣樣地找對應點，他自言自語道：「鍋碗盛的該是米麵油鹽，哦，這個歸周鐵牙置備；釣魚得有魚餌，管護站那兒的曲蛇多，一鍬挖下去，總得有一兩條吧，不愁；雨衣和蚊帳是盾牌，要抵禦大雨和蚊子這些長矛的，現在花兒還沒開，不急呢——」他的話說得有條理，又有興味，把女兒逗樂了，她放下電話對父親說：「剛才來電話的是周鐵牙，他讓你準備好東西，明早接你去管護站了！」

張黑臉說：「這麼說他也聽見候鳥的叫聲啦？」

張闊沒有好氣地說；「他哪像你，把長翅膀的，都當成了祖宗，他是聽見銀子的叫聲了！」

金甕河候鳥自然管護站的管理方是瓦城營林局，按照規定，只要開河了，候鳥歸來，自他們進駐管護站那天起，就會下撥第一個季度的管護經費，周鐵牙癟了一冬的腰包，又會像金魚的眼睛鼓起來了！

第二章

張黑臉和周鐵牙到達管護站時，金甕河的波光中，已有飛回的夏候鳥游動了。周鐵牙下了車，先奔向木房子，看看一冬過後，有沒有野生動物闖入，房屋是否有損毀而需修葺之處。張黑臉則張開雙臂，以擁抱的姿態，撲向河邊。他沿著開河的那段順流而下，走了一百多米，終於看清了最早回家的，是六隻綠頭鴨，兩雄四雌。綠頭鴨的雄鴨比雌鴨要漂亮多了，它不唯個頭大，嘴巴是明亮的鵝黃色，而且脖頸是翠綠的，有一圈雪白的頸環，好像披著一條鑲嵌著銀環的軟緞綠圍巾，雍容華貴。雌鴨就遜色多了，它們是黑嘴巴不說，羽毛也不豔麗，主體顏色是黑，是褐，是白；羽翼點綴少許藍紫斑紋，給人蕭瑟之感。張黑臉心想，這正是鳥兒求偶的時節，兩雄四雌，說明雄的選擇餘地比較大，難怪牠們驕傲地迎著朝陽，游在前面呢。

然而現實畫面，很快發生了改變，從空中又飛來幾隻野鴨，落在河面上，牠們中綠脖頸的居多——真是雌雄無定，瞬息變幻啊。新飛來的一隻雌鴨，大概與先前的一隻雄鴨已私定終身，牠的翅膀一觸著水面，游在最前頭的雄鴨，猛地調轉頭來，激動地飛向牠。牠們展開羽翼，互打招呼，纏脖繞頸，耳鬢廝磨，似在訴說無盡的相思，看得張黑臉耳熱心跳的，手臂也跟著一扇一扇的，似在起舞。

這時周鐵牙氣咻咻地扛著一把鐵鍬，來到河邊，他對著與野鴨共舞的張黑臉說：「我說傻伙計，先別管鳥了，河裡有牠們愛吃的淤泥和小魚，人家守著大糧倉，也不用支鍋灶，啥時都能開飯。咱倆兒要想中午不餓肚子，得趕快搭灶。他娘的也不知是野貓還是黃皮子進去了，愣把咱的灶台給弄塌了！你趕快挖點河泥，從房山頭搬幾塊紅磚，把灶修起來！」

「咋會這樣——」張黑臉看著周鐵牙說：「咱秋後走時，不是特意在門外給野物留了幾塊豬皮，讓牠們過年打牙祭的麼。」

「你這一說我明白了，肯定是那幾塊豬皮惹的禍！人家沒吃夠，就竄進房子找，咱在屋裡沒留別的東西，牠們啥也沒翻到，賊不走空，野物也是一樣的，就故意弄壞咱的灶台，帶塊碎磚頭走，心裡也是解氣的！」周鐵牙恨恨地罵著，把鐵鍬撇給張黑臉，然後熱辣辣地看著河面的野鴨，吧唧一下嘴，說：「媽的，個個肥呀，這一路飛回來，也沒累著牠們。」

金甕河候鳥自然管護站，設在中游，是一幢平層的木刻楞房子，與金甕河一樣東西走向，近兩百平米。它有三間住屋，一間糧倉，一個儲物間，一個灶房。灶房進門就是，因為張黑臉和周鐵牙個頭都高，所以灶壘得也高，這樣做飯時不會因過於低頭而累著腰。但這也帶來了一個問題，就是費柴火。有時一鍋野菜餃子下鍋了，可是火卻上不來，餃子就煮成片湯了。張黑臉想趁此把灶台弄矮，這樣省了燒的不說，火舌吐出，剛好舔著鍋底，飯也好做。可周鐵牙不同意，他說：「山裡又不愁燒的，灶大，說明咱管護站的人肚量大，多吃點柴火算啥，灶台跟人一樣，能吃說明身體健壯；再說灶高運旺，不走黴運，還不用低頭哈腰的，誰做飯一副孫子相啊！」

張黑臉點了點頭，他聽站長的。

一冬未住人，木房子又冷又潮，還有股難聞的氣味，好像什麼東西發黴了。不過只要灶火一起，可以帶動兩面住屋的火牆熱起來，屋子一暖，潮氣冷氣也就散了。而再刺鼻的氣味，只要門窗大開，陽光和暖風一進來，就會充當殺毒劑，把壞氣味給驅趕了。

張黑臉修灶時，從灶坑的黑灰中，看見了動物留下的爪印，是人掌似的五指爪印，便明白這是黃皮子幹的事兒了。去年他們養了幾隻雞，黃皮子大清早的就敢偷雞來吃，惹惱了周鐵牙，他做了個大號捕鼠夾，放在雞窩旁，拍死一隻。都說黃皮子的肉不能吃，騷性，但周鐵牙不信邪，他剝了牠的皮（說要賣給皮貨商做毛筆用），然後給牠油紅的屍體抹上鹽，用一根樺樹枝，從頭到腳地將其穿透，放進灶坑火烤，美美地吃了一頓。張黑臉喜歡黃皮子黑亮的眼珠，也知道黃皮子報復心理強，所以沒碰牠的肉。當時周鐵牙還嘲笑他，說他真是個沒膽兒的男人，連黃皮子都不敢吃。

張黑臉怕他修好灶台後，黃皮子還會來搞破壞，所以他一邊給紅磚抹泥，一邊低聲念叨：「黃大仙，菩薩心，別再怪罪了，以後有了好吃的，咱不忘了孝敬您。」

周鐵牙所住的東南間，是三間住屋最大的，二十多平米，屋裡有一鋪能睡三人的炕，一個帶鏡子的衣櫃，一張八仙桌和兩把圈椅。張黑臉修灶的時候，他就收拾自己的屋。他先將帶來的行李打開，放在炕上，然後把衣服往櫃子裡擱。他拉開衣櫃門時，發現櫃底有隻死鼠，心想難怪屋子有股難聞的氣味呢。他怕沾手晦氣，就喚張黑臉把牠清理出去。

張黑臉答應著，放下手中的活兒，用一塊引火的樺樹皮，做老鼠的裹屍布，將其拾起。周鐵牙囑咐他遠點扔，扔近處的話，再招來烏鴉，聽牠呀呀地叫，叫人心煩。

已是上午十點多了，太陽正好。飄蕩的陽光宛若五彩絲線，開始給大地改換顏色了。它最衷情的色調是綠，當草和樹葉變綠後，陽光才在綠色基調上，吹開野花的心扉。這裡最早開的是河畔草灘上的耗子尾巴花，之後就是林子裡滿山滿坡的達子香了。張黑臉聞到空氣中有股淡淡的草香，知道小草發芽了。山林從一個黃臉婆，要蛻變成俊俏的姑娘了！

張黑臉捏著死鼠，走了半里路，才處理掉牠。他向回走時，聽見一陣「篤——篤篤——」的聲響，循聲望去，見一隻白色斑紋的啄木鳥，像林中偵探，正用鐵錨似的灰爪，鉗著一棵碗口粗的松樹，那尖利的嘴跟掘土機似的，發掘著樹皮下的蟲子。張黑臉心想我們的灶還沒修好，你們卻吃上了，真是羨煞人也。鳥兒吃飯，全憑運氣，啥時有食兒，啥時就是飯點。

這隻啄木鳥白肚皮，屁股有一抹鮮豔的紅色，但枕部黯淡，沒有紅色點綴，說明是隻雌鳥。牠喜歡把蛋產在樹洞裡，那些不會爬樹的走獸，休想傷及牠的寶貝。但對於善爬的黑熊來說，啄木鳥無疑是在樹洞裡，給牠們預備下了春天的小點心。

啄木鳥吃了蟲子，飛向另一棵樹了。牠飛起的時刻，張黑臉心跳加快，他太喜歡看鳥兒張開的翅膀了，每個翅膀都是一朵怒放的花兒！啄木鳥黑白紋交錯的羽翼，在展開的一瞬，就像拖著一條星河。牠很快在另一棵松樹上站住腳，不過這棵樹不待見牠，牠啄了十幾下，一無所獲，又飛走了。這次牠飛得遠，脫離了張黑臉的視野。

張黑臉知道，去南方過冬的鳥兒陸續歸來後，像飛龍、野雞和啄木鳥這種不遷徙的留鳥，要與候鳥爭食了。他覺得這對熬了一冬的留鳥來說，有點不公平，所以他通常給候鳥投穀物時，不忘了在留鳥出沒之地，也撒上一些。

張黑臉回到木屋，修好灶，把各屋又徹底打掃了一遍，然後和周鐵牙一起，將貨箱式小貨車上載來的東西搬下來，該放哪屋就放哪屋，一切打理完畢，已是中午了，他的肚子咕咕叫了，周鐵牙也餓了，他吩咐張黑臉趕緊點火，削兩個土豆，撥拉點麵穗，做鍋土豆條疙瘩湯。張黑臉答應著，把枝椏填進灶坑，當他拿起樺樹皮要點火的時候，忽然想這剛修好的灶台，泥巴未乾，火燃起來，會將它燒裂的。要是灶台裂了，冒煙，還得重修，於是他跟周鐵牙說：「不是帶了烤餅和罐頭嗎？吃那個吧。晾它一天，等灶台乾透了再燒火。」

周鐵牙說：「罐頭先留著，又壞不了。貓啊鼠啊的竄進來，縱使有鐵齒鋼牙，饞得牠們滿嘴淌哈喇子，也啟不開。咱中午吃個烤餅墊補墊補吧。」

張黑臉說：「那還不如到娘娘廟吃齋去。」

周鐵牙「呵——」了一聲，齜牙咧嘴地說：「你是想德秀師父了吧？」

張黑臉說：「我是想給她們送點雪裡蕻，讓她們燉豆腐吃。」

「剛回來就想看她們，還送醃菜，娘娘廟的人可真有福氣！」周鐵牙說。

「在夜裡不用點燈的人，了不得哇。」張黑臉感嘆著。

周鐵牙一愣，他發覺今春回到管護區的張黑臉，與往年似有不同，有自己的主見了。他想萬一張黑臉的腦子跟萬物一起復甦，精靈起來，他將想方設法開掉他，因為他要的是沒腦子的人。

第三章

從管護站去娘娘廟，要經過一座木橋。它百米長，弓形，像一彎月牙，鑲嵌在金甕河上，人們便叫它月牙橋。過了河，再翻過一座平緩低矮的小山，就望見娘娘廟的山門了。也就是說，娘娘廟和管護站，在金甕河的一左一右。娘娘廟在北側，管護站在南側。由於小山的阻擋，它們相距不遠，卻無法相望。但他們是相知的，望得見彼此的炊煙。管護站的人知道娘娘廟的尼姑在夏天喜歡幾點吃齋，娘娘廟的尼姑，也知道管護站的人，愛在什麼時辰做晚飯。但炊煙也會隱遁，比如霧大的時候，煙與霧融為四海一家的兄弟，你就是有千里眼，也辨不出炊煙的痕跡；比如白雲飛得低的時候，它一出煙囪就被雲給捲走了；再比如風大的時候，炊煙會倒灌回煙道。所以這樣的時刻，張黑臉是不看娘娘廟的炊煙的，因為他曾上過白雲的當兒。有天早晨，他沒看見娘娘廟的炊煙，以為出了事情，也沒跟周鐵牙說，趕緊過橋翻山去看。到了近前，白雲散了，他見炊煙悠然升騰著。正當他要掉頭回返的時候，又一片白雲低低掠過，炊煙又消失了，他這才明白它是被白雲裹挾了。

候鳥更多地棲息於管護站這邊的灌木叢，以及河畔的廣闊濕地。娘娘廟地勢高些，候鳥去不去呢？也去的。有一年白腰雨燕還在娘娘廟的前殿，做了個窩。結果牠孵出小燕後，做母親的卻失蹤了，巢裡的小燕餓得直叫，德秀師父趕忙過來求助張黑臉，問這些小燕該咋辦？吃些啥好？張黑臉說：「吃啥好？蟲啊魚啊，最對牠們的胃口啦。」德秀師父說出家人不殺生，蟲和魚她們是不碰的。這樣張黑臉就一早一晚地捉了蟲子和小魚，去娘娘廟餵牠們。他本來要把巢穴搬到管護站的，又怕小雨燕的母親回來尋子不得，會急壞的。但直到小雨燕會飛了，能自己找吃的了，牠們的母親也沒見回來。張黑臉想牠可能是在給孩子們覓食時，遭到了天敵的襲擊，比如兇猛的雕。到了秋天，翅膀硬了的雨燕，飛向南方了。張黑臉特別擔心牠們沒有母親的引導，初次遷徙，會不會在途中迷路。這兩年他也養成了習慣，只要發現白腰雨燕的身影，他就要停下來仔細瞧瞧，是否是他餵養過的呢？雨燕一旦衝他抖翅膀，打轉，鳴叫，或是遺落下一片羽毛，他都激動萬分，以為是在和他這個老熟人打招呼。

像以往一樣，周鐵牙背著手走在前面，張黑臉提著醃菜和周鐵牙的茶杯，走在後面。兩人個子高，步幅大，很快過了橋，越過山。以往只要周鐵牙咳嗽一聲，張黑臉就得快走兩步，趕到他前面，遞上茶杯。這回因為沒生火，張黑臉提的茶杯是空的，周鐵牙這一路，也就沒咳嗽，他想著在娘娘廟討熱茶喝，然後再灌上一杯。

張黑臉走在後面時，得留神別踩著周鐵牙的影子，周鐵牙忌諱，說影子是人的魂兒。張黑臉一琢磨，心想是啊。因為人停屍時，還能借著太陽或是燈火，透出活生生的影子，可人卻是再不能說話的了。張黑臉還搞不懂影子為啥左右不定的？上午在西邊，下午就跑到了東邊。有時影子比自身要長兩三倍，有時卻短得沒自己一條胳膊長。看來太陽是很會捉弄人的。所以他跟周鐵牙一起走，喜歡陰天的時候。沒有太陽的日子，大地上就看不到什麼影子了。他曾想試試踩了自己的影子後，會像周鐵牙說的那樣，有倒楣事嗎？可他幾經嘗試，無論是陽光下還是月光下，他投映到大地的影子，自己總是踩不著。他問周鐵牙這是為啥？周鐵牙大笑著說：「為啥？因為你的魂比你死得早。」這句話他想得腦瓜都疼了，也沒弄懂。但凡管護站來了人，周鐵牙介紹張黑臉的時候，都會把此事當成一個節目來渲染，說：「他最愛琢磨，一個人為啥不能踩著自己的影子。你們說說看，狐狸就是再能耐，能叼著自己的尾巴嗎？」聽者無不開懷大笑。

娘娘廟其實是瓦城人對它的俗稱，這座尼姑庵是有名字的——松雪庵。只因裡面住的是尼姑，後殿又供奉著送子娘娘，所以人們都叫它娘娘廟。

娘娘廟依山而建，坐北向南，磚木結構，灰瓦黃牆，殿堂不高，面積也不大，每座殿只有六、七十平米，敦厚樸實，更像一個大戶人家的四合院。它有三重殿，加上山門、禪堂、齋堂、寢堂和法物流通處，共八間屋。從山門到後殿，建有一人高的院牆，將松雪庵圍起來。因為院牆塗成明黃色，好像給它圍了一條炫目的長圍巾。庵裡的門窗和樑柱，都是樟子松木的，透出松脂的氣味。所以即便不點香，這裡也始終洋溢著香氣。而松雪庵的布局，與大多寺廟也有不同。庵裡供奉的菩薩，是瓦城宗教局依據當地老百姓的喜好而設置的。

松雪庵山門的門柱，由整根的樟子松木做成，未做雕飾。山門匾額上印著三個鎏金大字「松雪庵」，門柱懸掛一副木質對聯：朝霞披袈裟、溪流送禪杖，是松雪庵的住持慧雪法師題寫的。進得山門，沿著一條短短的水泥甬道向上，是前殿彌勒殿。笑容可掬的大肚彌勒佛端坐殿中，左右護持的是四大天王。出彌勒殿，經過一個放生池，便是中殿大雄寶殿，這裡供奉的是釋迦牟尼佛、藥師佛和文殊菩薩。因為是正殿，它是三座殿中舉架最高的，殿前殿後設有青銅香爐。出中殿行二十米，經過兩塊菜地，便是後殿，也就是三聖殿。那裡供奉的是西方三聖，阿彌陀佛頭戴寶冠居於正中，右位大勢至菩薩，左位就是當地信眾喜愛的——觀世音菩薩化身的送子娘娘了。送子娘娘前的蒲團，磨損最厲害，包裹著蒲草的黃色絨布，被香客們跪出裂縫，透出蒲草的本色，好像有天光從中溢出。

松雪庵的菩薩造像，均為泥塑彩繪，形象生動樸拙，色彩豔而不俗，給人親切之感。香客們來松雪庵，在前殿的彌勒佛和四大天王前祈求快樂平安；在中殿的藥師佛前祈求身體安泰、百病不染，在文殊菩薩前祈求金榜題名，在釋迦牟尼佛前求官、求財、求壽；在後殿的送子娘娘前祈求子孫興旺。總之，人們求的大都是世俗生活的陽光雨露。有沒有人為塵世的自己和已故親人求清淨和超脫呢？極少。所以娘娘廟每年中元節為往生者辦的超度法會，都很冷清。

在前殿與中殿之間，兩側偏殿是法物流通處和禪堂，在中殿和後殿之間，相對應的左右偏殿，是寢堂和齋堂。除了兩片菜地，寢堂和齋堂後面的圍牆前，還有兩處柴垛。堂前屋後，遍種花木，它們都移植於山上，像大雄寶殿前的樟子松、榆樹、野百合和達子香，後殿環繞的白樺樹，以及山門前的魚鱗松。兩片菜地的邊角，也有雜花點綴，好像給菜地鑲嵌了花邊。這些花兒不是移植的，而是庵裡的師傅在種菜的時候，隨意撒下的花籽，虞美人，孔雀草，掃帚梅，手絹花等，哪種花出苗多，開得旺，就看它們的造化了，所以每年開在菜地的花兒，色彩都有變化。

松雪庵常住的尼姑有三位，她們的法名是慧雪、雲果和德秀。因為慧雪是住持，雖說她比雲果和德秀年歲小，人們為了區別她們，還是尊稱慧雪為師太，稱雲果和德秀為師父。她們三人中，慧雪和雲果是瓦城宗教局從外地恭請來此護法的，她們都是受了具足戒的，慧雪是在五台山削髮為尼的，雲果師父的出家地說法就不一了，有人說是河南，有人說是山東。從口音來辨別，應該是河南。因為瓦城山東後裔多，人們熟悉那兒的口音。一旦有香客問她來處，雲果師父總是一挑眉毛說：「出家人只有去處，哪有來處。」雖然她說得禪意深厚，但因她愛挑眉毛，香客們說她修行不深。德秀師父是瓦城人，也是松雪庵最年長的尼姑，她的遭遇盡人皆知。她嫁了三個丈夫，頭一個病死，第二個外出打工時犯下死罪被斃了。第三個丈夫是個離異者，他與德秀師父結婚後，哪怕只是頭疼腦熱的，吃飯噎著了，走路崴了腳，他都疑心自己會死，因為人們說他老婆剋夫，她剋死兩個了，剋他自然不在話下。他活的戰戰兢兢，總覺得老婆提著把看不見的屠刀，隨時會刺向他心窩，最後他甚至不敢跟她睡一起了。德秀師父怕他嚇死，主動提出離婚。她離婚後，日子過得清貧孤寂，不過有女兒在身邊，心底也有寄託。女兒是她與第二個丈夫生的，貌美如花。她高中畢業後報考戲校落第，便去南方打工。不出一年，領回一個比自己大二十歲的男人，說是她戀人。這男人有過兩次婚史，在溫州開了三家鞋廠，雖外貌不濟，但性格隨和，也算忠厚。德秀師父見女兒已懷了他的孩子，只好成全他們。誰料婚後他們剛從東南亞度完蜜月回國，這男人有天與生意上的朋友聚會，在酒桌旁突發腦淤血死了。女兒打掉孩子，回到瓦城跟母親決裂，說她找了算命的，人家說她的不幸皆因是她女兒，母親的命被上了詛咒，跟她沾邊的人，都沒好結局，必須跟她脫離母女關係，永不相見，才能擺脫厄運。女兒把戶口遷走，徹底離開瓦城後，德秀師父大病一場。她說本想進山，找棵樹吊死，但她聽說自殺的人去了另一世，不得超生，她害怕了。那時瓦城政府部門為了帶動旅遊，剛好在金甕河候鳥自然管護站對面修建姑子廟，正愁廟裡尼姑少，知道她的遭遇，又知道她逢人就說活夠了，便動員她去廟裡。德秀師父對佛教懵懂無知，並不知道菩薩在哪裡，但她在生活中遭遇難處時，愛在心裡唸一句「阿彌陀佛」，可真要跨進它的門檻，內心還是不甘的。她閉門兩天，水米不沾，苦思冥想了四十八小時，最終難耐饑渴，還是喝了水，吃了一聽午餐肉罐頭。她想既然自己沒勇氣死，那麼進廟門也算個出路，無非是把「阿彌陀佛」唸出聲來，把葷戒掉而已。她就把家裡的房子賣掉，捐給廟裡，帶著可用的物件，來到松雪庵，出了家了。張黑臉記得慧雪師太為德秀師父剃度的那個晚上，他在月下劈柴，聽見河畔傳來嚶嚶的哭聲。原來德秀師父落了髮，心底不平靜，溜出松雪庵，到金甕河畔，跟水中的月亮訴苦來了。張黑臉問德秀師父哭啥？她說：「沒了頭髮，這輩子就再也做不回女人了！」張黑臉說：「你剃了光頭，身上輕快了，該高興哇。」德秀師父忍不住笑了。張黑臉忘記很多事情，但他記得那晚德秀師父的笑聲，比哭喪還要瘆人的笑聲。

快到松雪庵時，張黑臉想起德秀師父那夜的笑聲，忍不住問周鐵牙：「女人要是笑得比哭還難聽，咋回事呢？」

「要麼是她心死了——」周鐵牙停下腳步，回身對張黑臉說：「要麼是她遇見鬼了。」

張黑臉瞪大眼睛，說：「我不是鬼。」

「這麼說你私會女人了？」周鐵牙說。

張黑臉搖搖頭，說：「遇見。」

周鐵牙眼睛亮了，問：「誰呀？」

張黑臉想告訴他是德秀師父，可他說出的卻是：「天黑，沒瞅清。」

張黑臉多年不會撒謊了，這次謊話脫口而出，他有中彩的感覺，手舞足蹈的，忍不住打了聲口哨。

第四章

張黑臉和周鐵牙進得山門，最先看見的是雲果師父。她向來喜歡在素色的僧衣上，以各類佛珠，增光添色。雲果師父穿一件灰色齊腰棉袍，古銅色荷葉形禪裙，黑布鞋，頸上環繞著一串星月菩提念珠，左腕戴的是紅瑪瑙手串，右腕是明黃色蜜蠟手串，好像春天先爬上她的手腕了。她提著一把銅質油壺，剛從彌勒殿添燈油出來。

雲果師父與周鐵牙雖說男女有別，一高一矮，但有點兄妹相，都是四方臉，挺直的鼻樑，小眼睛，薄嘴唇。不同的是，周鐵牙眉毛粗短如螺螄，雲果眉毛細長如柳葉。

「雲果師父好哇，我們剛回管護站，惦念著師父們，趕緊過來看看，順便討碗粥喝。」周鐵牙拱手問候。

「你們也來化緣啦？」雲果俏皮地應話。

「是啊。」周鐵牙笑笑，說：「今兒好像沒啥遊客？」

「有兩個，上去了。」雲果說：「這時節青黃不接的，來的人少。等樹全綠了，花開了，候鳥人來了，拜佛的就多了。」

「冬天時人多吧？」周鐵牙說：「我聽說去年來看雪的人多，瓦城機場每天都有幾百遊客湧進來。」

「人家奔的都是滑雪場，來這兒的人不多。」雲果說。

「滑雪倒是比燒香有意思得多啊——」周鐵牙感慨道。

雲果沒反駁，但她挑起了眉毛。周鐵牙自知在廟裡說這話大不敬，於是做出掌嘴的手勢，雲果的眉毛這才像出鞘的劍，落了下來。周鐵牙發現女人沒了頭髮後，眉毛就突出了，成為臉部的旗幟了。她們的內心感受，都凝結在眉毛上了。你看慧雪師太，她那好看的新月眉，總是那麼矜持，就像繡在眼睛上似的，無論遭遇什麼，都不會有大的波動。不悲不喜，不怒不嗔，慧雪師太的眉毛就告訴大家了。而德秀師父，她雖不像雲果愛挑眉毛，但她蹙眉的時候常有。

他們邊說邊向上走，經大雄寶殿時，果然看見一男一女在上香。雲果進殿添燈油，周鐵牙和張黑臉則穿過殿外小路，直奔齋堂。路過菜地時，他們發現地已翻過，肥沃的黑土在陽光下散發著特有的幽光，看來她們已做好播種的準備了。

德秀師父正在齋堂切土豆，這個冬天她發胖了，面色紅潤，長臉快成圓臉了，腰也粗了，先前的灰布圍裙，紮著顯小了。她見著管護站的人，放下菜刀，叫了聲「阿彌陀佛」，用抹布擦著手，說：「前殿的台階上，前幾天落了不少鳥糞，俺就想候鳥都回來了，你們咋還不見影兒呢？俺咋晚和今早，朝你們那兒望啊望啊，煙囪啞巴似的，也沒個動靜，敢情人都回來了。」德秀師父大嗓門，但以前因聲音喑啞，即便動靜大，也給人弱的感覺，可現在她聲音洪亮。

「張師傅惦記你們，這不趕緊過來送他自己醃的雪裡蕻麼。」周鐵牙說。

德秀師父從張黑臉手中接過雪裡蕻，看了看，嗅了嗅，說：「菩薩保佑，你們這麼善心！都開春了，這雪裡蕻還油綠油綠的，看來去年秋天醃時，是用大粒鹽搓的，沒加一滴水，還得用瓷壇封了口，放在陰涼處！不然一冬下來，早就熬黃了臉，餿得不能吃了。」

張黑臉瞪大眼睛，吃驚地看著德秀師父，證明她說對了。

齋堂有兩口灶，一高一矮，各走各的煙道。矮灶燜了一鍋芸豆米飯，高灶燒著水，快開了，德秀師父說她正準備燉土豆海帶。她說他們來了，得加個菜，豆豉炒蘿蔔。周鐵牙和張黑臉渴了，德秀師父待水開了，先給他們泡茶。兩個人坐在齋堂前的長條凳上喝茶時，德秀師父開始燉菜了，熗鍋的油香氣飄出齋堂。

周鐵牙悄聲說：「她們熗鍋也不擱蔥薑蒜，菜味卻不錯，德秀師父手藝就是不一般啊。可惜她男人無福消受，害得她當了姑子。」

張黑臉嘿嘿笑了兩聲。

周鐵牙問：「你笑啥麼？」

張黑臉告訴他，他想起德秀師父剛來廟裡時，因不習慣不能吃蔥薑蒜了，口裡沒味，還揣著倆饅頭，去管護站的菜地裡，偷著拔蔥就饅頭吃的事呢。記得她被他們發現後，很傷心地說：「不吃肉倒也罷了，因為殺生實在是罪孽，可你們說蔥薑蒜又不是葷腥，佛家怎麼就忌諱這味兒呢？」那時周鐵牙還逗她，你要是後悔了，就還俗，愛吃啥就吃啥，德秀師父說：「再怎麼著，我也不回人間了。」聽她的口氣，廟裡就不是人間了。

周鐵牙對張黑臉能記得那天的事，吃驚不已。為了試探他能否回憶起更多的事情，他故意編了個瞎話試探她，說：「還記得去年咱回管護站的路上，走到半道，一個姑娘想搭咱車的事嗎？」

「對呀——」張黑臉梗了一下脖子說。

「最後你說深山老林出來個姑娘，恐怕是狐仙變的，不讓我停車，咱就沒理她。」周鐵牙進一步引誘說。

張黑臉又梗了一下脖子，說：「對呀——」

周鐵牙放了心，這至少說明，張黑臉腦子還是糊塗的，從他附和他的話來看，他意識中對他依然是服從的。

德秀師父燉上菜，提著茶壺出來給他們續茶。她說自正月起，瓦城人採達子香花快採瘋了，近處的山採沒了，都採到廟這兒來了。說是有商家收購達子香，運到大城市高價賣掉。一束達子香七、八支，能賣二、三十塊呢。這花兒又沒成本，家家都想撈一筆，野生達子香花快被掃蕩空了，看來今年的春色，不比往年好嘍。

周鐵牙說：「也怪這花命太硬了，你說它們大冬天的站在雪裡，花心也不死。把它們採了呢，運到山外，十天八天的不喝一口水，也不枯萎。只要進了買家的門，得了溫暖，喝上水，就美了，啪啦啪啦地開花了，你說它要是不這麼皮實，能被人往遠處賣麼？」

「你不說採花的人有罪，倒說花兒命硬！」德秀師父氣得手抖，差點把茶壺摔了。

周鐵牙明白德秀師父為啥惱了，因為瓦城人說她命硬剋夫，他說達子香花命硬，她聽了自然不快，周鐵牙趕緊拱手道歉，說：「凡是命硬的，開的花兒都不凡俗啊。」

德秀師父的面色這才平和了，她返身進齋堂，放下茶壺，看了看鍋裡的菜和灶裡的柴，換了條圍裙，又出來了。德秀師父新穿上的圍裙簇新簇新的，藍地粉花，圍裙邊緣還鑲著肉色的蕾絲流蘇。這條圍裙她穿著照例緊巴，且花圍裙與她的氣質，極不相稱，連她自己都不自信，很侷促的模樣，看上去像一隻被縛住的野雞。

「穿著這條圍裙美氣呀。」周鐵牙違心說著，轉頭沖張黑臉眨了一下眼，說：「你說是吧？」

張黑臉用舌頭舔了一下嘴唇，說：「還是灰布圍裙更受看。」

德秀師父說：「張師傅說的是真話。我就說麼，俺戴不了花圍裙，可雲果過年時進城，給我買了一條，不穿還覺著可惜了。」說完進了齋堂。

「雲果師父這是把她往醜裡打扮呢。」張黑臉說。

周鐵牙狠狠地瞪了張黑臉一眼。

德秀師父再出來時，把灰圍裙又請回身上了，她說：「俺聽說現在公安局和資源監督辦抽調專人，在各路口檢查採達子香的。你說近山的都快被採空了，這花的花期也到了，現在才管，不是晚了三秋麼。該賺錢的賺了，你能從人家腰包把錢掏出來？」

周鐵牙附和說：「就是，不幹正事的衙役，總是馬後炮。」

德秀師父似乎憋了好些話，要與他們傾訴。她說上個月她在廟外拾柴，碰見一個採達子香花的男人，她勸他不要採了，留著花兒給菩薩看吧。可那人傲慢地說：「老尼姑，我問你，菩薩長著眼睛麼？要是長眼睛的話，為啥正道人沒好運，幹邪門歪道的人卻發財？我再問你，為啥和尚的戒律少，二百五十條，尼姑的多出快一百條？在廟門裡還不平等呢，還說什麼六根清淨，四大皆空，騙你們自己吧。菩薩要看花，百姓就不看花了麼。」

周鐵牙心裡覺得那男人說得沒錯，可他當著德秀師父，不得不譴責那人，他瞪大眼睛說：「他也不怕風大閃了舌頭?!」

「男人要都像周站長這樣，女人的日子就好過了。」德秀師父說這話時，目光是放在張黑臉身上的。

張黑臉以為她看他，是讓他對周鐵牙的話，發表意見，他就對德秀師父說：「站長一瞪眼睛，說的都是假話。」

「我剛才瞪眼睛了嗎？」張黑臉瞇縫著眼，凶巴巴地問他。

張黑臉一臉天真地說；「瞪眼了，就像貓頭鷹的眼睛那樣，瞪得溜圓溜圓的呢。」

德秀師父「咳——」了一聲，說：「別說呀，這時候咋看不見貓頭鷹啦？也不像冬天似的，總聽牠們叫。」

張黑臉說：「虧你是瓦城人，這都不知道？貓頭鷹到了夏天去比這更北的地方孵蛋去了，牠們冬天才飛回來。」

「也就是說別的鳥兒從南方飛回來時，它得給人家騰地方？」德秀師父說：「是不是牠們長得難看，就得挪窩？」

周鐵牙說：「這跟醜俊沒關係，牠不是冬候鳥麼。」

德秀師父嘆息著，說：「咱這還不夠涼快？還往北飛，那不是飛進冰窟窿裡去了嗎。」

張黑臉說：「估摸著是牠毛太厚了，夏天怕捂出痱子。」

德秀師父笑了，周鐵牙也笑了。張黑臉不覺得他說的話可笑，他嘟囔著：「快開齋吧，肚子叫了。」

第五章

候鳥回到金甕河自然保護區後，候鳥人也陸續到了瓦城。

候鳥遷徙憑藉的是翅膀，候鳥人依賴的則是飛機、火車和汽車等交通工具。每到初春時節，瓦城的小型機場、火車站和客運站，便是人滿為患。

夏季回到瓦城的候鳥人，大抵由兩部分構成：本地人和外來人。其中外來人以南方人為主。

能夠在冬季避開零下三、四十攝氏度的嚴寒，在南方沐浴溫暖陽光和花香的瓦城人，要有錢，也得有閒。瓦城人普遍認為，如今的有錢人，一部分是憑真本事、靠自己的血汗掙出來的，另一部分是靠貪腐、官商勾結得來的不義之財而暴富的。在他們沒有發案前，可以過著錦衣玉食的日子。在老百姓眼裡，這一部分人的比例要高，也最可憎。就拿根在瓦城的候鳥人來說吧，他們選擇的冬季棲息地，多在沿海和經濟發達地區，三亞、海口、珠海、北海、深圳、廣州等。這些地方的房價和房租，始終是漲潮的海水，一浪高過一浪。他們買得起房，付得起房租，並能在這樣的城市消費得起，其金錢來源多不是正路的。他們中要麼是瓦城各級領導的父母和兄弟姊妹，七大姑八大姨等；要麼是與官員關係密切，從而包攬各種市政建設工程的商人。他們深秋從瓦城帶走各類土特產，去南方一住就是半年，直到瓦城春暖花開，南方也熱了起來，他們才帶著新鮮的熱帶水果返回。另一部分夏季來此避暑的候鳥人，多是生活在南方各火爐之地的老年人或自由職業者，他們生活上相對富裕，這些人很少在瓦城買房，以住旅店和租房為主。所以瓦城的旅遊餐飲和房屋租賃市場，隨著冰雪消融，生意也回暖了。

周鐵牙年輕時當過伐木工，爬冰臥雪讓他落下了老寒腿的毛病，一到冬季，膝關節又痛又癢，苦不堪言。他想趁著外甥女在瓦城林業局做副局長，無人敢動他，他在這個崗位多撈一些，再過幾年，六十歲了，也能在冬季去南方避寒。

周鐵牙和張黑臉回到管護站一週了。來到金甕河的夏候鳥，多了一個品種，就是東方白鸛。牠們站在金甕河上，白身黑翅，上翹的黑嘴巴，纖細的腿和腳是紅色的，亭亭玉立，就像穿著紅舞鞋的公主，清新脫俗。他們觀察了幾天，總共發現六隻東方白鸛，牠們分三對行動。有一對喜歡在河畔濕地梳理羽毛，另兩對愛去樹叢。愛在樹叢流連的兩對，把巨大的巢，都坐在了樹木頂端的樹杈間，只不過一對選擇了白樺樹，一對選擇了柳樹。愛在水邊嬉戲的那對，巢在哪裡，他們還沒尋覓到。總之，金甕河飛來國家一級保護動物，他們都很興奮。周鐵牙高興的是，此事上報後，管護經費將增加，他從中漁利的比例也高了；張黑臉激動的是，他終於見到日思夜想的恩人了。

張黑臉第一眼見到舞蹈在金甕河畔的東方白鸛，就驚叫著跟周鐵牙說，當年守護著他的大鳥，就是牠啊。

熟悉張黑臉的人都知道，他當年在山中撲打山火，自稱與主力撲火隊員失聯後，在一條長滿稠李子的溪谷旁，遭遇到一隻虎。飢餓加上恐慌，他昏了過去。等他甦醒時，天在落雨，可他的臉並沒被澆著。他眼前有一把巨大的羽毛傘，黑白色，傘柄是紅色的，是他此生見過的最華美大氣的一把傘。他仔細一看，原來是一隻白身紅腿黑翅的大鳥，站在他胸腹處，展開雙翼為他遮雨。張黑臉說，他一時以為，自己是到了天堂。他伸出雙手，左右拂了拂，誰知左手碰到的是一株樟子松幼苗，右手觸到的是一個嬌嫩的樺樹蘑——他把樺樹蘑的傘蓋給打掉了。張黑臉雙手沾染的樟子松和樺樹蘑的清香氣，讓他明白他還在大地上，因為他的手拂到的不是空中的雲。他側身一望，烏雲正在他頭頂翻滾呢。他甦醒後不久，雨停了，這隻叫不出名字的大鳥，收束翅膀，一跳一跳地消失在密林深處。他吃力地坐起來，眺望天空，在彩虹現身之處，發現了這隻騰空飛起的大鳥，牠就像去趕赴一場盛宴，姿容絢麗，儀態萬方。

從此之後，張黑臉就愛生有翅膀的鳥兒。

他艱難走出森林，是與撲火隊失聯後的第六天。據第一個撞見他的採野果的山民回憶，張黑臉看見他，說的第一句話是：「這是陽間吧？」得到肯定的答覆後，他古怪地笑了兩聲，昏了過去。

他再次醒來時，忘記很多事情了，比如他單位的全稱，他結婚的日子，他的年齡甚至他的名字。他本來叫張樹森的，可他非說他這一段，一直在一個沒有太陽的地方當判官，那裡人都叫他張黑臉。他那年四十八歲，卻說自己滿六十了。他家的鄰居姓秦，可他說人家姓閻。好在他記得老婆孩子，知道老婆叫常蘭，女兒叫張闊。他告訴他們，自己在山中碰到老虎，牠挓挲著鬍子奔向他時，他嚇昏了。等他醒來，發現一隻神鳥站在他身上，為他遮風擋雨。當時人們都以為他瞎說，瓦城野生動物以棕熊、堪達罕、猞猁、麅子、野豬、灰鼠、雪兔為主，哪有什麼老虎的蹤跡？可是張黑臉被嚇呆後的第三年，一支森林勘察小分隊在那一帶山裡，發現了野生東北虎的蹤影，並拍到照片，成為轟動一時的新聞，人們這才相信，張黑臉當年確實遭遇到老虎。可是他所言的神鳥，大家認為那是他對仙鶴的想像，並不存在，畢竟他被嚇呆了，說點胡話也正常。

張樹森成為張黑臉後，他所在單位防火辦的領導，見他痴傻了，不適合做撲火隊員了，就給他辦了病退，每月領取一千多塊錢，成了閒人。他老婆常蘭與他恩愛，丈夫這一病，彷彿回到了童年，她有帶小孩子的感覺，得處處照應他。怕他悶在家裡腦子會更糟，常蘭春夏時節，把菜園中種的菜，每日摘取一些，讓他用籮筐挑了，擔到東市場去賣。收取市場管理費的人同情張黑臉的遭遇，從不收他攤位費。事實上他也沒固定的攤位，今天喜歡炸麻花的甜香氣，就把擔子放在炸麻花的攤位前；明天喜歡蔥花油餅的氣味，就把擔子放在那兒。攤主們也都喜歡他挨著，生意不忙時，可逗他解悶。他們還常賞他吃的，麻花、油餅、玫瑰油糕、乾炸豆腐圓子、滷蛋、烤魷魚等等，他賣菜時嘴上很少虧著。張黑臉不像其他攤販，他賣菜不吆喝，不用秤，不定價，別人說給多少是多少。所以他擔來的菜大抵是一種命運，貪圖便宜的人會圍聚過來，丟下塊八角的，一搶而光。當然也有個別好心人看他可憐，多給他一塊兩塊的，他也不知那是多給了，只管把錢收起。無論他賺多少回家，常蘭從不埋怨，總是熱湯熱水地伺候著。

東市場的業主，都愛逗弄張黑臉。他在哪兒，哪兒就是免費的戲台。人們知道他遇險生還後，最愛有翅膀的鳥兒了。賣活禽的就說，雞鴨鵝也有翅膀呀，從今往後，你就不吃牠們了吧？一提到鳥兒，張黑臉的腦袋就不那麼木了，他說，雞鴨鵝又不能飛，是人養的，沒靈氣，咋不能吃！大家就笑，說雞也能飛呀。張黑臉說，牠也就飛個籬笆，一人多高，算毬，真正的鳥能飛到彩虹裡去！有人反駁他，說女人發脾氣時，常扔雞毛撣子和鵝毛扇子，力氣大的，能扔過房頂呢，這不說明雞和鵝也能飛得高麼？張黑臉一拍腦袋，說：也是啊，莫不是雞毛鵝毛附著翅膀的魂兒？聽者無不大笑。

最令東市場業主們捧腹的一件事是，有一天賣魚的老王跑到他攤位前說，張黑臉哇，你還不回家看看，你在這兒賣菜，你老婆在家養漢呢，都被人瞅見啦！張黑臉信了，挑起擔子就往家趕。老王說，你挑著擔子，那得多耽擱工夫呀。張黑臉用手拍著扁擔說，我不挑擔子，哪有傢伙揍人？老王追著他問，你是用扁擔打你老婆呢還是打那個睡你老婆的？張黑臉愣了，說那得問問法官，判我打哪個就打哪個，他挑著擔子奔法院去了。

張黑臉病退的次年，張闊要跟個開裝修公司的人結婚了。常蘭請了個會看黃道吉日的，為女兒擇婚日。人家定了一個，張黑臉一旁聽了，說那日子沒太陽，大暴雨。常蘭只當丈夫說傻話，說難道你比神仙還靈，知道半個月後的天氣？張黑臉抽抽鼻子，沒有吭氣。結果張闊結婚的前日還晴朗如洗，可到了大婚的那天，烏雲滾滾，電閃雷鳴，新娘入洞房時大雨如注，瓦城一片汪洋。事後常蘭後悔沒聽丈夫的，她擔憂那樣的天象，會使女兒未來的生活遭遇暴風雨。張黑臉難得說一句安慰話，他對老婆說：「閨女多有福氣啊，她成親，老天都出動了，勞神費力打閃電，那不是給她放焰火麼。」

常蘭在特特周歲時，突發心梗去世了。沒了老伴，張黑臉傷心了好長一段日子，說女人沒長翅膀，但盡幹些長翅膀的才幹的事兒，說飛就飛了。每到年關，按照習俗，人們會給死去的親人上墳，到了此時，張闊就是再忙，也得領著父親上墳。因為他單獨去的兩次，被其他上墳的人看見，他上錯墳了。一次他把雞鴨魚肉等供品獻給了一個癌症去世的姑娘，一次是跑到墓主是個老漢的墳上。張闊這才明白，父親不認得墓碑上的字了。她埋怨他上錯墳的時候，張黑臉說，墳都是一樣的，人都是埋進了土裡，又沒埋進雲彩裡，供誰不是供？

常蘭死後，女兒一家搬來與父親同住。張闊就手把位於城中心的樓房出租，到了夏天，候鳥人一來，輕鬆賺上一筆。她還把父母所擁有的這處位於城郊的平房，也部分改造成家庭旅館，能容五、六人入住。這樣父親和他們自己的住屋，也就狹小了。張闊覺得在享受的問題上，受點委屈值得，因為這樣錢才能大方地進來。

父親去了管護站後，春夏時節，她把他住的那間小屋，也租給候鳥人。她的個人生活，與候鳥人密切相關。除了做點野生山產品的收購生意，候鳥人活動頻繁的季節，她就經營家庭旅館。她愛吃，廚藝好，再加上愛乾淨，喜歡打掃衛生，她家的旅館很受歡迎，回頭客多。只是她在個人情感生活上，並不如意。張闊的男人近年掙了些錢，手上寬綽了，就常去洗頭房和捏腳屋泡妞，很少碰她了。她想你忙活別的女人，讓我閒著，我得多給你戴幾頂綠帽子，才算對得起自己。她也找男人，不過不固定。今天是修汽車的，明天是開茶館的，後天又可能是個在她家居住的候鳥人。在她想來，不固定的關係是玩，固定的關係往往要互負責任，鬧不好就是你死我活，她可不想在婚姻上傷筋動骨，還想和她男人過，畢竟他們有共同的孩子。所以父親去了管護站，她非常開心。一則他掌握的父親的退休金卡裡（當然戶頭名字還是張樹森），每月會多出一千兩百元的進項（張黑臉在管護站月收入是兩千兩百塊，另外一千塊，周鐵牙按月給張黑臉現金，做他的零用錢），二來她更自由一些。所以父親在管護站期間，她一點也不希望他回城。她與人偷情，常在父親的那間小屋。有一次張黑臉回來撞見她和男人在床上，他皺著眉嘀咕一句，特特他爸咋變這模樣了，轉身出去了。他回來通常是去城中心的平安大街，這條商業街熱鬧非凡，他去那兒，就是兩件事：剃頭和吃餃子。所以平安大街理髮店和餃子館的店主，都熟悉他。

東方白鸛來到金甕河後，布穀鳥、鵪鶉和夜鶯也回來了。張黑臉起得比平素更早了，他朝聖似的，每天洗乾淨臉，刷完牙，穿著齊齊整整地去岸邊投食。那對不知巢穴在何方的東方白鸛，是他觀測的主要對象。看牠們自哪兒飛來，又向哪兒飛去。他觀察了幾天後，告訴周鐵牙，那對東方白鸛，一定是把巢築在了娘娘廟附近，牠們來去都是那個方向。候鳥沒有不愛河裡的魚蝦的，所以張黑臉投在岸上的糧食，消耗不多。牠們也真是有本事，撲棱著翅膀似立非立於水面上，眼觀水下，瞅準目標，利爪就是魚鉤，扁平的喙就是魚漂，腿就是魚竿，總能眼疾手快地把魚拖出水面。

金甕河完全脫掉了冰雪的腰帶，自由地舒展著婀娜的腰肢。樹漸次綠了，達子香也開了，草色由淺及深，這天清晨，張黑臉沒有像平素那樣在該醒的時刻醒來，他沉沉睡著。

周鐵牙發動汽車，載著偷獵的野鴨回城了。

第六章

管護站成立幾年來，一到夏候鳥飛回的時節，候鳥人回來了，周鐵牙就得伺機逮上幾隻野鴨，帶回城裡，打點該打點的。

而他逮野鴨的前夜，必定犒勞張黑臉，用午餐肉和野菜做餡，蒸一鍋香噴噴的包子給他吃。當然燒酒是必不可少的，燒酒裡要兌上安眠藥，這樣才能保證張黑臉不會起夜，一覺睡到日上三竿的時辰。周鐵牙趁他昏睡，將捕獵工具備好，下到金甕河畔。

飛回金甕河的夏候鳥，以各類野鴨居多。除了綠頭鴨，還有斑背鴨、青頭鴨、花臉鴨、鳳頭鴨等，這些鴨子一來就是一群。牠們清晨和傍晚時，喜歡來河裡找吃的。牠們的巢穴，不像東方白鸛坐在高處的樹杈，而是在草灘或灌木叢。瓦城林業局按照上級指示，停止採伐後，林地植被迅速恢復，野生動物也多了起來。所以野鴨的巢穴，常遭到動物們的破壞，尤其是產卵時節，對野生動物來說，找到一窩野鴨蛋，就是得到了最甜美的點心。因而野鴨孵化期間，雌鴨和雄鴨輪流守巢，生怕有閃失。

野鴨生性機敏，牠們在河上嬉戲，總有一隻野鴨，遊弋在靠近岸邊的一側，為同伴放哨。任何風吹草動，都會令其緊張。只要負責警衛的野鴨發出預警信號，牠們就撲棱棱飛起。所以逮野鴨對周鐵牙來說，也是個智力活兒。林業局為管護站特別配備了一杆砂槍，以防野獸的襲擊，周鐵牙的槍法也不錯，但他只在頭兩年用砂槍打過野鴨，此後改用牠法。一則砂槍動靜大，會驚擾其他候鳥，牠們會把金甕河視為危險之地，不再回來。沒了候鳥，他的管護站也就不復存在了。還有就是對岸有了娘娘廟，對周鐵牙也是無言的威懾。砂槍聲傳過去的話，等於告訴列位菩薩，他殺生了，周鐵牙怕遭報應，所以捕鴨用自製的鐵絲網籠了。

這個網籠與捕鳥的黏網不同，不是懸掛在樹間，而是放置地上——離野鴨巢穴較近之處。其形態類似捕魚的須籠，葫蘆形。他在籠子入口處投放的誘餌是野鴨愛吃的玉米碴子，當然如果運氣好，能打上一些雜魚做餌，那就再好不過了。野鴨聞到腥味，會熱情洋溢地靠近過來。周鐵牙設計的籠子也參照了捕鳥的滚籠，野鴨奔著食物進來後，網籠受到震動，懸著的門會自動彈下來，將牠們關在裡面。他做了六隻這樣的網籠，張黑臉問他這是幹啥用的，他說是捕魚的，可它們一次也沒下過水。周鐵牙對野鴨下手，通常夜深時分。將網籠分別放在不同的地方，凌晨起來，一出木屋，聽見野鴨在哪兒叫得冤屈，那就是牠們在哪兒入牢籠了。循聲而去，就能看見網籠裡怨女似的牠們了。

周鐵牙隨緣，只要逮著不少於兩隻，對他就夠用了。當然有時他運氣差，一隻也逮不著，這時張黑臉就慘了，還得再被燒酒和安眠藥折磨一回，直至野鴨「入甕」。

今年周鐵牙運氣不錯，逮著四隻野鴨，全都活著，毫髮無損。而他有一年逮的野鴨，被野豬給吃掉兩隻，落了一草叢的鴨毛，把他心疼壞了。野豬的獠牙很厲害，能把鐵絲籠撕裂。周鐵牙想著野鴨就被野豬生吞活剝了，心也抽搐，他想野鴨若有魂靈，一定恨死下網籠的他了。從那以後，他再下了網籠，會徹夜守候著，以防野獸捷足先登，掠人美味。

像以往一樣，周鐵牙把野鴨從籠中取出，用黑膠帶黏住牠們哨子似的扁平嘴，再用麻繩把腿綁住，這樣汽車在經過瓦城森林檢查站時，不會發出任何聲息，而引起檢查人員的懷疑。事實是，檢查站的人看見管護站的車，看都不看，拉杆放行。周鐵牙把野鴨分裝在兩個麻袋中，扔在貨箱中。怕牠們窒息，成了死鴨，於是敞著口，這樣牠們能伸出脖頸。放好野鴨，他把網籠清理乾淨，放進儲物間，看了一眼睡得四仰八叉的張黑臉，暗笑一聲，關上門駕車而去。

周鐵牙在林間駕車，只要不是冬天，總把車窗敞開，更真切地感受花香鳥語，微風陽光，在他眼裡，這是大自然賜給人類的糖果，分享時無比愉悅。天空晴朗，看著充滿生機的森林，想著此次捕獲甚豐，可匀出一隻野鴨，去福泰飯莊賣個好價，他忍不住哼起小曲。

瓦城森林檢查站設在城外十公里處，這裡一共四個人，分兩班輪流執勤。檢查站不像候鳥管護站，到了冬天就關了，它常年有人值守。他們主要查獵捕野生動物的，偷伐林木的，防火期進山帶火種的，以及像今年這樣瘋狂盜採達子香的。周鐵牙認得每個人，他們知道他有來頭，也當他是同行，對管護站的車輛，從不檢查。

然而今天周鐵牙的車出現時，橫在檢查站前的紅白杠木杆，並未像往常那樣拉起。站在檢查站崗樓前的兩個人，一個是他認識的手持手機的老葛，另一個是個陌生人，穿公安制服的小青年。

周鐵牙只得剎車，滿臉堆笑，掏出香菸，對著一臉痦子的老葛說：「兄弟，還沒吃早飯吧？來，先抽支菸開開胃！」

老葛雙手一擋，給周鐵牙使著眼色，說：「老周客氣啦，空腹抽菸我就沒胃口吃早飯啦！咋的，進城給候鳥上貨？」

「我這是進城報喜去，今年飛來了十來隻仙鶴呢！」周鐵牙誇大著來到金甕河管護站的東方白鸛的數量。

「仙鶴？」老葛齜著牙說：「騙誰呢，我只在年畫裡瞅見過。」

「學名叫東方白鸛。」周鐵牙說：「跟仙鶴長得一個樣。」

「那你們在管護站就是過著神仙日子了？」老葛說。

周鐵牙說：「哪如你們檢查站好呀，離城近，手機有信號能聯絡人，還能收聽廣播。我在管護站拿著手機，跟摟著個木頭美人一樣。再幹兩年，我就得跟張黑臉一樣成呆子了！」

「你們對面不是娘娘廟麼。」老葛擠眉弄眼地說：「晚上找她們嘮嗑去呀。」

「跟吃素的姑子住鄰居，我都快成和尚了！她們把心裡話都變成經，唸給菩薩聽了，跟我們臭男人哪還有話說呢。」周鐵牙示意老葛把木杆抬起，放他過去。

老葛便對那個年輕人說：「小劉警官，這一大清早的，你查了不少輛車了，歇歇吧，這次我上車檢查，你準備拉杆放行。這是管護站的車，跟咱們算是一行的，肯定沒問題，不過按照規定，也不能放過它。」說完笑笑，跟周鐵牙介紹小劉，說他是公安局森保科派來的警官，政法大學畢業的高材生，去年公安系統招錄幹警，考到瓦城的。

周鐵牙知道，大學畢業生很難考上大城市的公務員，所以有些人選擇報考邊遠地區一些系統內招，為的是先有一門工作，解決吃飯問題。這類人中，通常是家庭拮据而無背景的青年才俊。周鐵牙見老葛執意檢查，想他就是看到野鴨，也不敢刁難他，於是大大方方地跳下駕駛室，將後箱門打開，對老葛說：「上去查吧，查不到東西，可別哭啊！」

老葛說：「瞧您說的。」

周鐵牙表面裝得坦蕩，滿不在乎的，內心還是有點膽怯。老葛上車後，他生怕小劉跟上去，主動靠近他，遞上香菸套近乎，說：「來支菸？」

小劉一臉嚴肅地說：「這是禁菸區。」

「嗨，瞧我這臭記性，把規章都忘了！」周鐵牙訕訕地把香菸揣回褲兜，說：「一進管護站忙起來，我這腦袋就昏了！」他故意拍著小劉的肩頭說：「這麼帥的小夥子，一定有一群女孩子追你吧？」

小劉到底年輕，不知這是周鐵牙在恭維他，他實心實意地說：「哪裡，原來有女友的，都處了三年了，這不看我考到邊遠山區了，就跟我吹了。」

「現在的女孩子咋這麼勢利眼?!」周鐵牙故意大聲說：「瓦城怎麼了？瓦城就不能活人了？我跟你說，這兩年名貴的候鳥，都往這裡奔呢，說明啥？說明這裡是人間天堂！你要是能在瓦城扎根的話，就憑你這小夥兒，女孩子都得瘋搶！」

與人說漂亮話，永遠是遇卡時，最好的通行證。不等老葛下車，小劉已乖乖拉起木杆，準備放行。

周鐵牙見小劉不構成威脅了，趕緊吆喝老葛：「老夥計，我說你咋還沒查完？貨箱是空的，難道你在裡面遛彎？」

老葛應著「就來——」，一分鐘後，他握著手機跳下車，故意抽著鼻子，搖著腦袋，做出一無所獲的沮喪樣。

周鐵牙連忙把後箱門「嘭——」地一聲關上，說：「咋樣？」

「剛上去明明看見一隻小狐狸。」老葛裝著哭腔說：「可是一眨眼牠就不見了。」

「牠變成花姑娘溜走了。」周鐵牙笑著說：「晚上等著吧，她就來陪你守夜了。」

老葛和小劉都笑了。

周鐵牙表面也笑著，可心裡笑不起來。他登駕駛室的腳踏板時，腿軟得踏了兩次才上去。老葛看出他內心的慌張，找話跟他說：「你這小貨車也用了好幾年了，換一台吧，現在新出產的，後箱都裝了液壓托板，能托起兩三噸的貨物呢，你們裝貨卸貨就不用那麼挨累了。」

周鐵牙說：「只要軲轆還能轉，能給公家省點就省點吧，湊合著用，反正張黑臉喜歡卸貨。」

周鐵牙駕車過了檢查站後，心先是輕鬆了一刻，即之沉重。老葛看到野鴨而沒刁難他，這等於欠下一個大人情，得還。還什麼呢？周鐵牙想到了菸酒，但一想菸酒揮霍後，老葛會忘記他還了人情，不如買件能常伴他的東西送他，電動刮鬍刀，或是一件抗風的夾克衫，他見老葛終年穿著的藍夾克，袖口已磨破了。老葛家境不好，一直過著爬坡的日子，總是一副疲態。他所在的檢查站隸屬林業公安局，編制上屬於協警，他比正式員警，每月少開一千多塊錢，醫療待遇也低。老葛的老婆沒正式工作，在家政公司做計時工。他們節衣縮食所賺的錢，都貼補到兒女身上了。老葛的兒子在長春一所大學讀大二，正是用錢的時候；女兒大學畢業後，應屆研究生和公務員都沒考上，心灰意冷回到瓦城，目前在一家私人幼稚園當幼教。

周鐵牙覺得自己比起老葛，日子好過多了，他和老婆的雙方父母，只有岳父還在，跟他小舅子過，無老人的拖累。他的獨子在天津讀軍校，是個優等生。老婆雖沒工作，卻很溫順，身體健康，操持家務是把好手，常去他那做了副局長的外甥女家，幫著幹點活兒。周鐵牙清楚，老婆這麼快成了外甥女家的義務僕人，也是為了他。只是有次他在她家，見到老婆跪在地上擦地板，外甥女卻偎在沙發上吃燕窩紅棗羹，心被刺痛，再見外甥女時，有股說不出的嫌惡。

周鐵牙與往年春天偷著帶回野鴨一樣，進城後先給領導進貢。他用麻袋拎著兩隻野鴨，先去了林業局邱德明局長家。局長的父親邱老，剛從三亞回來，保姆打開門，他正咳嗽著，一見著周鐵牙，立刻兩眼放光，便咳邊說：「我估摸著、你、該來了，半年、沒見，咋、咋過瘦了？」

周鐵牙笑著說：「肉吃得少，就瘦了。」

「咋了？你在管護站、還虧著、嘴上了？等德明、回來，我告訴他、多給你、撥點經費。也不能、讓候鳥吃香的喝辣的，素著你吧？」邱老越說，咳嗽得越厲害。

周鐵牙問他這是咋了？邱老說在三亞一待半年，雖說在瓦城生活了大半輩子，直接從那飛回，還真有點不適應這兒的氣候了呢。以後要學候鳥，一路遷回，邊走邊歇，就不會出現不適了。明年他會在中途停留一週，選擇那些能遊玩的城市，比如洛陽、天津、青島。

周鐵牙一邊跟邱老說著話，一邊按保姆指引，把野鴨擱在廚房。他敞開麻袋口，見野鴨還都活著，鬆了口氣。牠們伸著脖頸，看著這個陌生之地。也許因為憤怒吧，周鐵牙覺得野鴨的眼珠是血紅色的。

「呵，兩隻鴨，看上去、都挺肥呢。」邱老跟到廚房，看著野鴨，心花怒放的。

「是您老有口福哇。」周鐵牙撒謊說：「我把逮著的，都給您老帶來了！

您可以先宰一隻，過兩天再宰另一隻。不宰的那隻放在陽台，給點雜魚，養一個禮拜都沒問題！」

邱老誇他的主意不錯，他指揮保姆，先宰殺那隻斑嘴鴨。說是開河的野鴨，天下第一美味，他晚上要好好喝壺酒。他說在海南島過了一冬，讓海鮮把胃給整寡淡了，他要讓一鍋濃油赤醬的野鴨，給他的胃弄高興了，把病趕跑！

周鐵牙出了邱局長家，又駕車到城南的外甥女家。他從後箱取出一隻花臉鴨，塞進一隻黑膠塑膠袋，提著叩門。

不出所料，是周鐵牙的姊姊周如琴開的門。她今年六十七了，矮個，枯瘦，頭髮稀疏灰白，目光黯淡，氣色倒是不錯。周如琴丈夫死得早，他們育有一兒一女。怕兒女受欺負，她沒有再嫁。如今兒子在深圳做生意，女兒在瓦城林業局當副局長，兒女都出息，她的晚年生活也就人見人羨。依據候鳥的習性，她暑來寒去，半年跟著兒子在深圳，半年跟著女兒在瓦城。

女兒女婿上班了，外孫上學去了，只周如琴一人在家。雖然姊姊去深圳這半年，周鐵牙給她打了幾個問候電話，但姐弟倆畢竟半年未見了，少不了敘些家長里短的事情。他們說話時，周如琴始終抱著心愛的泰迪犬。牠每年跟著主人，南來北往的。周如琴乘坐飛機，就把牠放進寵物箱中托運。所以一到春天，候鳥人遷回時，瓦城機場的行李傳送帶上，常傳來貓狗的叫聲。若是主人喊牠們的名字，牠們叫得就格外起勁。

周如琴對弟弟說，現在不比從前，做官要處處謹慎了。她告誡弟弟在外不可仗著外甥女做官，任意妄為。水滿則溢，月滿則虧，不要說大話，為人低調些。以後野鴨也不要送了，不能因貪口腹之欲，鋌而走險。話雖這麼說，她對野鴨還是表示出熱情。周鐵牙知道，嘗鮮加之特權享受帶來的優越感，是姊姊鍾愛野鴨的原因。周如琴吃野鴨從來都是清煮，不加調料，慢火寬湯，燉兩三個小時，然後把鴨肉撈出，只留兩三碗的濃湯，加少許的鹽喝湯，說這才是真正地嘗鮮。而撈出的鴨肉，她會為女兒羅玫做乾鍋鴨肉。這位瓦城林業局最年輕的副局長重口味，喜歡水煮魚，麻辣小龍蝦，香辣蟹，火爆雞丁，溜肥腸，所以乾鍋鴨肉裡要放足麻椒和辣椒，才稱她意。這也是羅玫每年開春，最盼望出現在餐桌的一道菜。

周鐵牙想像往年一樣，幫姊姊把鴨子宰了，收拾乾淨再走。因為周如琴小心謹慎，不信任外人幫忙。可周如琴卻對弟弟說，女婿和羅局長今晚各有聚會，不回家吃，外孫放學後會去吃他喜歡的麻辣燙，然後去家教家補課，所以鴨子要等到明天再殺。聽到姊姊管外甥女叫「羅局長」，而不是「玫玫」，周鐵牙心裡很不舒服，起身告辭。走前周如琴送他一樣東西，說是從深圳帶回的，香港造的電動按摩棒。但凡腰頸不適，通上電後用它按壓，舒經通絡效果極好。周鐵牙嘴上說著還是有姊好，心裡卻想自己半年在管護站，那裡沒電，送這個禮物給他，只能冬天使，看來姊姊並未真正把他放在心上。

周鐵牙悵惘地出了姊姊家，去了福泰飯莊，順利地以四百元的價格，賣掉了最後那隻野鴨。處理掉野鴨，等於排除了所有地雷，周鐵牙不怕上路了，他去了自己的單位營林局，讓局長看他拍到的金甕河上的東方白鸛照片。

局長蔣進發五十八了，正處於退休前的工作懈怠期，上班晚，下班早，每天喝茶看報，棘手的事情，一概往後推。他為迎接自己的退休生活，選擇了一門愛好——風光攝影。他置辦了一套高級攝影器材，隨身攜帶，常在清晨傍晚，驅車去林中拍日出日落。拍得多了，他總結了一套人生哲學，說是人生就是兩步棋，日出和日落。走完了日出，就得下日落這步棋。以前他對在文聯工作的人嗤之以鼻，說那兒的人半瘋，現在卻樂得加入瘋人的行列，參加他們組織的瓦城風光攝影大賽，作品還拿過金獎呢。

蔣進發看到金甕河上東方白鸛的照片，不由嘖嘖讚歎：「美哉，美哉！」，他當即喊來辦公室主任，讓他寫個追加管護經費的情況說明，他要多批給管護站一萬五千塊錢，周鐵牙自是喜出望外。蔣進發還喊來常務副局長，說是上頭有精神，領導該多下基層，他明天早晨要去管護站做實地調研，待個三兩天。周鐵牙知道，他是奔著攝影去的。以往蔣進發去，只是打個轉，這次去說要住下，周鐵牙又喜又憂。喜的是伺候好了領導，經費還會增加；憂的是萬一東方白鸛挪窩了，飛出保護區，蔣局長會失落。領導一失落，他失落的就可能是銀子。

周鐵牙表示，等他給候鳥買了糧食後，立刻返回管護站，做好接待準備。蔣局長說不必了，他這次不坐專車，就乘坐他的箱式小貨車，明早出發。周鐵牙說，他還從沒讓張黑臉一個人在管護站過夜，這呆子萬一惹出麻煩就慘了。

蔣局長說：「他還能把房子點著咋的？」他拎起平素簽字的金筆，豪邁地說：「他要真是燒毀了房子，你也不用擔心，我給你批錢，咱再蓋新的！」

周鐵牙只能聽命了。他想在城裡住一夜也挺好的，中午回家讓老婆給他做手擀麵，下午去糧站給候鳥買糧食，空閒時間可以喝個茶，捏捏腳，泡泡妞。當然，還得去趟服裝市場，給老葛買件便宜點的夾克衫，堵他的嘴。由夾克衫，他突然想到蔣局長要住在管護站，閒置的那套被褥不乾淨了，得給他買床新被子。

第七章

德秀師父拎著禪杖走到管護站時，是上午八點多的光景。她過月牙橋時，特意停了一刻，看了看管護站的木房子。她發現煙囪沒冒煙，以為他們起得早，吃過飯了。看過煙囪，她就看橋下波光蕩漾的金甕河。陽光鋪陳在水面上，她望見不遠處有一對野鴨在波光裡晃遊，翅膀忽而熱情張開，忽而緊張地閉合，也不知牠們是梳洗呢，還是有意撩撥水面的陽光。

望著那對相依相伴的野鴨，德秀師父忍不住嘆了口氣。出家人無喜無悲，可她的嘆息還是多。她怕慧雪師太和雲果師父聽到她的嘆息，所以很想嘆氣時，她就走出娘娘廟，找一個物件嘆氣，比如一朵花，一團雪，一棵樹，一片雲，甚至葉脈上的一顆晨露。

德秀師父嘆過氣，越過橋，走向管護站的木房子。她故意走得動靜大，腳踏地時「嗵嗵——」的，還不時用禪杖敲地，想讓他們知道來人了。可是直到她走到門口，也沒人迎出來。她敲了敲門，無人應答。她想他們也許去灌木叢餵鳥了，就將禪杖杵在牆根，坐在門前的木墩上，邊歇邊等。坐了一刻鐘，仍不見人影，她覺得口渴，想著門也沒鎖，乾脆進去先找碗水喝。

德秀師父拉開門，走向灶台，拎起水壺，晃蕩一下，聽到的不僅是水聲，還有西南屋子傳來的鼾聲。她躡手躡腳走過去，悄悄拉開門，見張黑臉躺在炕上，睡得呼呼的。不知是昨夜炕燒得太熱，還是他身上火力過旺，藍花被子被他蹬在一旁。他穿著黃背心，綠褲衩，仰著頭，叉著腿，攤開胳膊，像只大青蛙。那腿和胳膊肌肉發達，透出紅松色，一點看不出是快六十歲的人了。

德秀師父除了自己的三任丈夫，沒見過其他男人的睡姿。猛一眼看見這樣的張黑臉，不自覺地聯想起她那三個男人，他的軀體竟比他們都好。好在哪裡呢？是膚色好，還是健壯，抑或他憨憨的樣子惹人憐，似乎都是，又都不是。德秀師父覺得她這樣看張黑臉犯戒了，在心裡叫了聲「阿彌陀佛——」，趕緊出去了。她也沒敢喝水，怕弄醒張黑臉，彼此尷尬。她再坐回木墩上時，臉熱心跳的，口更加渴了，但她只有忍著，等他自然醒來。

又過了半小時，九時許，木屋終於有了響動。先是腳步聲，隨之是咕咕的喝水聲。德秀師父連忙起身，抖了抖僧袍。因為她這一坐，僧袍長了皺紋似的，弄出了許多褶痕。

張黑臉推開門，先抬眼看了看太陽，然後又看了看手錶，很困惑的模樣。當他收回目光，發現德秀師父立在一旁，吃驚不已，後退一步，指著她說：「你是娘娘廟的師父，還是影子？」

德秀師父嘆息一聲，說：「你這個人啊，咋大白天的冒鬼話呢。」告訴他自己來了有一會兒了，以為他和周鐵牙去餵鳥了，便坐等他們。

張黑臉撓著頭說：「噢，影子不能說話，你是真的德秀師父。」

德秀師父說：「俺倒希望是個假的，真的就不在娘娘廟裡了。」

張黑臉一臉狐疑地望著德秀師父，他沒聽明白她的話。他說自己也不知咋了，一覺把太陽睡得這麼高了。往常太陽沒出，他就起來了。

德秀師父說：「春睏秋乏，也是常理兒。」

他們說話間，幾隻雲雀「啾啾──」叫著飛過，張黑臉仰頭看時，其中有調皮的，趁機投擲「炸彈」，把屎遺在他臉上。德秀師父見張黑臉滿面狼狽的樣子，忍不住笑了。

張黑臉對德秀師父說，他憋了一夜，得馬上去幹雲雀剛幹完的壞事了。德秀師父擺擺手，示意他行他的方便去。

張黑臉出了茅房，先打了盆水，把臉上的鳥糞洗掉。他對德秀師父說，停在木房子後面的小貨車不見了，看來周鐵牙進城了。

德秀師父說：「他進城也不跟你打招呼？」

張黑臉說：「進城跟拉屎撒尿差不離，平常事，用不著說。」

德秀師父說：「那你剛剛去茅房，不是也跟我說了麼。」

張黑臉道：「你是客人，我去哪兒得跟你知會一聲。」

德秀師父覺得張黑臉說得在理兒，她贊許地笑笑，問張黑臉早飯想吃點什麼，她幫他做。

張黑臉說：「你可不能碰這兒的灶台，淨是葷腥，骯髒了你們娘娘廟的人，那可壞了。」

德秀師父說：「你這是打發我回去了？那你也不問問，平白無故的，我幹啥來了？」

「對呀——」張黑臉拍了一下自己的腦門，問：「娘娘廟出了啥事？是不是白腰雨燕又回來坐窩啦？」

「你能記著白腰雨燕坐窩的事，看來記性又發芽了！」聽德秀師父的口氣，張黑臉的記性是枯樹，現在它返青了。

張黑臉愣了一下，咕噥著：「我的記性死了嗎，俺咋不知？我記著這些年見過的很多翅膀呢，白的，黑的，綠的，藍的，粉紅的，金黃的，俺的記性就沒不活過。」

德秀師父呵呵笑出聲來，說：「你咋跟俺一樣，說自己時，一會兒是『我』，一會兒是『俺』，你到底是『我』還是『俺』？」

張黑臉讓她給繞迷糊了，囁嚅著說：「我還是俺，俺還是我？」最後他似乎鼈清了，一拍手說：「我是俺，俺是我麼。」

德秀師父也跟著拍了一下手，喝彩似的叫了一聲「對呀——」，然後切入正題，說：「今年來的不是白腰雨燕，是一種俺從沒見過的大鳥！」德秀師父張開雙臂，比劃著：「牠白身子，黑翅膀，腿腳紅色，腿都快趕上俺胳膊長了，脖子也長，飛起來怪嚇人的，帶著風聲。牠們一共兩隻，一天到晚忙活坐窩。你猜牠們把窩坐哪裡了？」

「是白腰雨燕相中的地方？」張黑臉說。

「才不是呢。」德秀師父撇了一下嘴說：「牠們猴精，把窩坐在了三聖殿頂的煙囪旁。你想啊，那裡是娘娘廟的後身，清淨，在煙囪旁還能避風遮雨，牠們的後身就是山，哪棵樹上有蟲子都瞅得清，牠們等於待在暖窩，守著大糧倉呢。」

「真是不假啊。」張黑臉說：「今年來了三對白鸛，有兩對的窩，我都找到了，就這對沒發現把窩坐在哪兒。看來俺猜對了，牠們把窩坐在你們那兒啦！」

「你聰明啊，咋猜出的呢？跟俺說說。」德秀師父眨了一下眼睛。

「牠們到河裡吃喝玩樂時，是從你們那個方向過來的，走時又朝你們那兒飛去。這就跟你在娘娘廟一樣，你每天從那裡進出，鐵定就是住在裡面的人麼。」張黑臉說。

德秀師父有點不高興了，說：「我從那兒進出，就是那兒的人了？」

「那是一定的。」張黑臉果決地說。

「那你每天進出茅房，難不成俺就得猜你住在那裡？」德秀師父故意強詞奪理，她想趁著周鐵牙不在，探探張黑臉的智商，是否回升了。

張黑臉生氣了，沉著臉回敬道：「要是豬這麼猜我，我不和牠計較，你這麼猜，我和俺，都不高興！豬和姑子，咋能是一樣的腦子呢。」

德秀師父受了奚落，反而歡欣鼓舞的，眼睛洋溢著愉快的光澤，語氣也溫順了。她比劃著告訴張黑臉，白鸛坐的窩，在三聖殿下面望去，比臉盆還大呢。這鳥真有力氣，銜來的築巢東西中，不僅有樹枝、苔蘚，敗草和濕泥，還有小石子呢。牠們的窩，比白腰雨燕的要牢靠多了！現在的問題是，牠們老在三聖殿頂交尾，還發出「嘎——嘎嘎——」的叫聲，實在是對佛的不敬。她們進出三聖殿時，都得等牠們離巢才行。還有，牠們竟吃讓人作嘔的老鼠。有一天雲果去三聖殿添燈油，看見其中的一隻銜著老鼠回窩，噁心得她直吐，燈油也灑了，不敢再去三聖殿了。她是想來問問，他們能不能幫個忙，給這大鳥挪個窩？

「慧雪師太讓你來的？」張黑臉問。

「雲果讓我來的。」德秀師父實話實說：「慧雪師太說來者皆是緣，不驅趕，也不刻意留，隨牠們來去。話是這麼說，可她也不怎麼喜歡牠們吧。以前她每日早晚，各殿都要走一遭的，現在她也不怎麼去三聖殿了。你說這剛剛是春上，遊人還不多。等過一段進香的人多了，三聖殿香火又是最旺的，看見牠們這樣，成什麼話！」

張黑臉明確告訴德秀師父，這大鳥當年救過他的命，是神鳥，牠身上的每片羽毛都有來歷，不能端牠們的窩。牠們把窩坐在三聖殿，是這座殿的造化，菩薩心底喜歡，才會招來牠們。鳥兒和人一樣，造個窩不容易，他可不想做野蠻的拆遷者。再說牠們一起睡過了，估計就要產蛋孵蛋了，他更不能讓牠們的後代，居無定所。

德秀師父聽到他說牠們一起睡過了，臉紅了一下，她用手彈了彈僧袍，說：「既然這麼著，就算我白說。俺們出家人，本也不該管鳥兒的七情六欲。牠們又沒出家。」

「鳥兒咋出家？」張黑臉說：「牠們要是剃了頭，等於讓人拔了毛，那多瘮人啊。」

張黑臉對德秀師父說，他得去餵鳥了。他撂下她，去糧倉舀了一盆穀物，端著去河畔了。德秀師父望著他堅實的背影，聽著他「咚咚——」的腳步聲，心底不知怎的湧起一股柔情，儘管張黑臉說不用她做早飯，但她很渴望為這個男人做頓飯。她進灶房，喝了碗隔夜的涼白開，生起火來。她察看了一下灶房的吃食，米麵油鹽一樣不缺，北側牆角的陰涼處，有雞蛋，土豆，洋蔥，蘿蔔和一把芹菜。德秀師父最會做疙瘩湯了，她切了洋蔥，舀了一碗麵，放在麵盆中備用。然後用麵鹹，把鐵鍋刷得乾乾淨淨的，烘乾，倒油，七、八分開時，加入洋蔥爆香，添了一瓢水。她盯著那些蔬菜，覺得它們不夠新鮮，就把灶膛的火向外撤了撤，出了門，拎起禪杖，去橋下採剛生出來的水芹菜。她剛才路過時，看見了一片。

德秀師父還沒到走路需要枴杖的年紀，但她只要獨自出娘娘廟，就要拎著它。禪杖於她來說，用途多了。雨水大時，山間會湧現溪流，她趟小溪時，可試水的深淺；走路若遇見蛇和野狗，能做捕蛇器和打狗棒；看見高處夠不著的稠李子，能打落枝椏，輕鬆吃到野果；還有，萬一碰到心懷不軌的人，可把它當武器。還有，她覺得慧雪師太賜她的禪杖，法力無邊，如遇危難，能逢凶化吉。

德秀師父採水芹菜時，遠遠望見了張黑臉。他蹲在河畔，看著河面的野鴨。等她採完野菜，兩隻白鸛從娘娘廟方向飛來，她想這一定就是在三聖殿坐窩的夫妻了。牠們悠然落在金甕河上，不用說，那樣的翅膀撲打出的漣漪，會像禮花一樣綻放。

張黑臉餵完鳥回來時，德秀師父已做好了疙瘩湯。她打了兩個雞蛋兌在麵裡，所以攪和的麵穗，既筋道又漂亮，像一顆顆琥珀。德秀師父把盛在大碗公的疙瘩湯放在灶台上，喚他吃飯。張黑臉客氣了一句，抓起筷子，呼嚕呼嚕，很快把它消滅了。吃完舔了舔嘴唇，忽然抱著頭嗚嗚哭了。德秀師父從未見他哭過，嚇了一跳，她用禪杖敲了敲地面，說：「做的不好吃，你也犯不著哭呀。你說我何苦給你做這頓飯，惹你傷心呢。」

張黑臉抬起老淚縱橫的臉，抽抽噎噎地說：「俺好多年沒吃過女人做的飯了，真是好吃得讓人受不了啊。」說完，哭得更凶了。

德秀師父聽了他的話，又喜又怕。喜的是他認可她的廚藝，女人被男人誇飯做得好，就跟他們誇自己好看一樣受用；怕的是張黑臉過於感動，非禮於她，畢竟他的腦子和常人不一樣。德秀師父沒說什麼，她用禪杖輕輕叩了一下張黑臉的背兒，算是安慰和道別，放開大步回娘娘廟了。在過橋的時候，她停頓了一刻，返身望了一眼管護站，嘆息一聲，這次她的嘆息對象，是木房子中哭泣著的張黑臉。

張黑臉哭夠了，洗了碗筷，又洗了臉，給水缸壓滿水。管護站和娘娘廟的洋井，都是專業的打井隊打的。洋井的井頭和壓杆的形態，特別像一隻單腳立著睡覺的白鶴。因為採用活塞式抽水機，每次壓水前，得先向井頭注些清水來引水，這樣深處的水，隨著壓杆的運動，會從鐵管中直線上升，噴湧而出。管護站的洋井，打了七、八米就見水了，而娘娘廟的洋井，據說打了十多米才有水。越深處的水越好喝吧，張黑臉每回在娘娘廟喝水，總覺得那兒的水，比管護站的甘甜。

德秀師父走後，張黑臉突然覺得有些孤單，以前他是沒這感覺的。他想多找些事情做，打發時光。他先掏了茅房，將糞肥用土培上，預備追肥用。回到管護站後，他已將茅房旁開出的那片地，種了各色蔬菜。現在菠菜和小白菜已經出苗了，前日泡在碗裡的花豆角籽，也要發芽了，他掏完茅房，便用鎬頭打了兩條壟，預備種豆角。做完這些活兒，他仍覺心裡沒著沒落的，就把自己胡亂卷起的被子，重新疊了一遍，將炕和地，都掃了一通，又將木屋前的空地掃了，然後盯住德秀師父坐過的木墩，湊上前去。那是個半米直徑的榆樹墩，好幾十年的樹齡了，木墩被磨得光滑平整，但它的年輪清晰可見。彷彿這裡也有鳥兒飛過，那一圈環繞著一圈的年輪，就像水面泛起的漣漪。張黑臉撫摸著木墩，不知是太陽曬的，還是德秀師父身體的餘溫尤在，木墩熱乎乎的，令他想入非非。但他很快意識到這樣對待一個尼姑不好，這不等於摸人家的屁股嗎，連忙離開木墩，繼續找事做。

張黑臉去了儲藏間，打算拿須籠去河裡捕點雜魚，晚上炸魚醬吃。他進了儲藏間，看見周鐵牙做的網籠，心想也不知它們下水後，能不能逮著魚，打算試試運氣。他拎起網籠的時候，一片淺褐色的羽毛，像林間秋葉一樣飄落下來。他一眼認出，這是斑背鴨的羽毛！難道周鐵牙用它捕了野鴨？想想他剛才去河畔餵鳥時，發現今日出現的野鴨，確實比往日少，而且瞅著也不那麼活潑，他的心陣陣下沉。

張黑臉走出木屋，攥著鴨毛，坐在木墩上，等著審問周鐵牙。他沒想到，這一坐就是一夜。

第八章

周鐵牙載著蔣進發經過檢查站時，是早上七點的光景。他們一起在平安大街的口口香飯莊吃的早點，那兒的油條和豆腐腦，燒餅和羊雜碎湯，以及芥菜鹹菜，價廉物美，把半城人的胃給拴住了。瓦城很多上班族，都喜歡去那吃早點，吃完順路就上班了。

平安大街的前趟街是福照大街，瓦城林業局黨委和政府，公安局、法院和檢察院，以及財政局、建設局和水利局都在這條街上。而平安大街後趟街的七星大街，也是顯赫的一條街。人大政協、民政局、社保局、司法局、營林局、教育局、農委、瓦城一中和瓦城人民醫院，均設於此。夾在這兩條街道之中的平安大街，就像漢堡包中間的肉餅或香腸，備受青睞。

平安大街有四家商業銀行的業務網點和兩家郵局，這裡商鋪林立，飯店、旅館、藥房、照相館、乾洗店、五金店、服裝店、首飾店、鞋鋪、食品店、理髮店、按摩院、洗腳屋、房屋租賃中心、婚慶公司、裝修公司、電腦維修中心、汽車修理鋪等等，應有盡有。這條煙火氣十足的街，也成了瓦城人氣最旺的街。初來的候鳥人到了瓦城，想買什麼東西而不知去哪裡，向當地人問詢時，他們多半會說，去平安大街吧，那裡要什麼有什麼！

周鐵牙在平安大街花一百二十元，給老葛買了件藏藍色夾克衫。路過檢查站時，本想給他，可老葛不當班。過了檢查站後，他想幸虧老葛不在崗，萬一給他夾克衫了，勢必引起檢查站其他人的懷疑，揣測他們之間有貓膩。再說蔣局長在旁，他送禮物給一個值崗的，他也得懷疑他有短處被老葛攥著。管護站的短處能是啥？脫不開野生動物干係。這樣一想，覺得休班的老葛真是甜和他，他打算下次回城時約他喝點小酒，順便把夾克衫送了。周鐵牙心生愉悅，忍不住歪頭沖蔣進發笑了笑。

蔣局長見他如此開心，問：「啥事讓你這麼高興？」

周鐵牙說：「領導光臨管護站指導工作，我臉上有光啊，您沒看太陽笑著，達子香花也笑著，我估摸今天金甕河上的各種鳥兒，知道您去，肯定一早也打扮上了，我能不笑麼。」

蔣局長說：「周站長真是越來越會說話了，你外甥女，哦，我該叫羅局長的，她那麼會來事，隨你吧？我看她不像她媽，前幾天我在早市碰見你姊，跟她打招呼，她就是點點頭。」

「咳，她就那麼個人，打小臉上就沒個笑模樣。不愛笑到底是不好啊，老早成了寡婦，子女再出息有啥用？心裡是孤苦的。別說是你了，我知道她該從深圳過完冬回來了，昨天回城特意抽空去看她，她跟我也沒幾句話。不知道的，還以為她仗著閨女當官，跟人愛理不睬的呢，其實她天性就這樣！」周鐵牙說。

「是啊，羅局長就不這樣。漂亮不說，脾性還好。見著我們這些比她長一輩的下級，也從來都是不笑不說話的，特別親民。她是瓦城最年輕的副處級幹部，大家說她很快能提到正處。到了正處，再上一步，是輕鬆的事！都說市委方書記特別賞識她，咱瓦城一把手去市裡彙報工作，都得跟祕書預約排隊，可羅局長去方書記那兒，從來不用打招呼！方書記祕書出來都說，羅局長一去，方書記能高興好幾天！」蔣進發說完，才意識到這樣拍馬屁等於揭人瘡疤，趕緊往回收，說：「外人傳的話，也未必准。還說羅局長去市裡時，晚上陪方書記去看專場電影，誰信呢。」

周鐵牙看了一眼蔣局長，面有慍色地說：「嘴長在別人身上，誰不怕說瞎話爛嘴就說去吧！玫玫可不是那種人，她和丈夫好著呢。」說完，按了幾下喇叭，似在抗議。

蔣局長沒想到自己連說錯話，看來真是老糊塗了，該退休了。他也奇怪，自打這兩年愛好上風光攝影，太鍾情於大自然吧，他與人交往時常冒傻話，連他老婆都說他現在腦子壞了，建議他去醫院做個腦核磁檢查，看看是不是腦萎縮了。

蔣進發嘲諷自己，說：「我真是該早點回家了，現在腦子一團漿糊，快成張黑臉了吧！」

「張黑臉今年腦子可比往年活泛多了。」周鐵牙說。

「怎麼講？」蔣局長饒有興味地問。

「他知道給尼姑獻殷勤了。」周鐵牙說：「這次回管護站，還特意帶了自己醃的雪裡蕻，送給她們燉豆腐吃呢。」

「人類的自然屬性使然啊。」蔣進發慨嘆著，說：「這兩天我在管護站，也想順路拜拜娘娘廟呢。你想啊自古以來，不論是當官的還是做百姓的，哪有不磕頭的呢！」

「就是。」周鐵牙說。

蔣進發又說：「說起張黑臉來，他閨女可不像他那麼窩囊，張闊太厲害了！你們在管護站，不知道前幾天她大鬧公安局的事情吧？」

周鐵牙一愣，說：「昨晚也沒聽我老婆說起，咋回事呀？」

蔣進發說，春節後盜採達子香的行徑屢禁不止，進山的檢查站形同虛設，人們從山中小道繞過它，照採不誤。政府無法追查源頭，就去物流公司排查，看看是哪些人把達子香，批量運往外地。結果發現最大的單，都來自張闊。擒賊先擒王，公安局森保科的人，就去她家把她帶走了。張闊怎麼著？她接受詢問時，說花是被她收購的不假，但不是她採的。也就是說，如果採達子香的人犯罪了，她頂多是包庇罪。警方讓她說出是哪些人採的達子香，張闊拒不交代。理由很簡單，她說採達子香的，都是生活中最窮困的人，有錢有勢的，誰會掙這點辛苦錢？還不夠人家塞牙縫的呢。她還說採達子香運往大城市，這是扶貧。大城市人看上去光鮮，可過得不痛快，精神空虛，這也是貧窮。他們沒養過這樣有生命力的野花，所以對達子香有需求。山裡人撫慰了城市人的靈魂，是不是扶貧呢？她還指出最關鍵的一點，說是野生植物保護條例裡，只說不能採集珍貴野生樹木，以及林區內草原上野生植物，可它並沒有說達子香不能採，既然法律沒明確規範，採它就不違法。總之她認為自己是個遵紀守法的公民，被公安局帶走，侵犯了她的公民權。森保科的人被她噎得沒反擊能力，最後想低調處理，罰她兩千塊，讓她走人。可張闊說她沒違法，罰她沒依據，堅決不從。再說她和丈夫都沒正式工作，還要養活孩子，屬於政府該救濟的人群。森保科的人知道碰到難纏的人了，就降了一千塊，說罰她一千元，結果怎麼著？她將絨衣和胸衣刷刷脫掉，露著兩個大奶子，說她身上最富裕的就是它們了，看它們能值多少錢，割去抵錢！這一著可把所有審她的人，都嚇得快成她爹張黑臉了，沒一個不呆的。她的乳房又大又白又嫩又挺，審她的人傻傻地看了好半天，才一個個走出審訊室，喚一個女警去幫她穿上衣服，把她放了。不放咋辦？她啥招都敢使啊。張闊沒事了，可審她的兩個男人，家裡就不太平了。他們回家說與老婆，說同樣是女人，人家張闊咋就那麼像女人呢，你們咋這麼乾癟呢？結果他們的老婆鬧起來，說丈夫是流氓，她們找公安局的領導，說工作場所成了色情表演場所，領導得負責任。這次行動沒治了張闊，公安局自己倒添堵，這事傳出來後，老百姓樂啊，都誇張闊有能耐呢。

蔣局長講完故事，嘆息一聲說：「以前我還以為幹公安的男人，葷素不吝，這件事讓我明白，他們還真挺素的，沒開過大葷呢。就說張闊那樣的奶子，在瓦城的按摩院和捏腳屋，不難找吧？」

「他們哪有蔣局長見多識廣——」周鐵牙嘻嘻笑了。

蔣進發一拍大腿，說：「你看，我跟你說真話，你倒又把我繞進去了。我也是聽說，那些地方我是不去的。我就是不約束自己的話，官職也約束著我呢。再說這小城又不大，去那裡誰認不出你來？」

周鐵牙說：「所以啊，人家說你們這些當領導的，最喜歡出差了，在外地進個洗浴中心，叫個特殊服務啥的，沒人知道你是誰。」

「就你懂得多！」蔣進發趕緊轉移話題，問：「說說你咋叫周鐵牙的？最開始大家以為這是你的外號呢，誰想本名就是這兒。」

「我的名是我娘給起的呢。我娘也是個命苦的人，她懷的第一個孩子是男孩，剛生下不到一禮拜，就死了。第二個才是我姊，也就是羅玫她媽。生了我姊之後呢，我娘再懷一胎，六個月時流產了，又是個男胎。所以她平安生下我這個帶把的，怕閻王爺再把我收了去，就叫我鐵牙。意思說我有鐵齒鋼牙，什麼小鬼來了，都會把它們嚼得稀巴爛！」周鐵牙說完，故意咧著嘴，讓蔣局長看他的牙，說：「我娘這名字取得也真靈，我這五官還真沒出彩的，您看啊，小眼睛，腫眼泡，薄嘴唇，眉毛又淺，不好的我都占全了，就是這口牙，我是又抽菸又喝酒的，又愛吃甜食，可它們全是我的心腹，一顆不缺，沒有蟲蛀，嚼石子都不在話下，顏色還白，您說奇不奇呢？」

早晨往來的車馬少，陽光照得人心裡又暖，砂石土路雖說偶有坑窪，但兩百多里的路並不算長，他們一路談笑，兩個多小時後，到達管護站。張黑臉拈著一片鴨毛，正坐在木墩上。見到熟悉的車子停下，他沉著臉走過來，也不顧蔣進發在旁，把鴨毛插進周鐵牙的鼻孔，鄭重宣布，以後管護站的站長不姓周，姓張了。周鐵牙被罷免得莫名其妙，拔出鼻孔的鴨毛，嘲諷地說：「你這是犯病了吧？讓不讓我做站長，蔣局長說了算啊，你可沒權免我。」

張黑臉喘著粗氣說：「俺等你一夜了！儲藏間網籠掛了鴨毛，誰都知道，那間屋窗戶和門都關著，野鴨飛不進來。網籠是你做的，俺沒用，你用了，它幹了啥，你說說看吶！我和俺，不能答應你這麼幹！你不是站長了，哪有站長晚上不回管護站的！」

周鐵牙心裡的鬼被張黑臉捉住了，臉色就很難看，難道自己沒清理乾淨網籠？好在張黑臉精神異常盡人皆知，他說的真話，在別人聽來也一定是胡話，所以他回避張黑臉富有殺傷力的前半句話，只對後半句做出回應，說：「不是我不想回管護站，是蔣局長不讓啊。」他轉而對蔣進發說：「局長大人，您瞧瞧，我說夜裡不回來不行吧，房子倒是沒點著，可張黑臉不認我這個站長了！」

蔣進發笑咪咪地說：「那就讓張黑臉當站長！張站長，你先給我們燒壺水，泡點茶，走了一路口渴了。」

張黑臉「唔——」了一聲。

周鐵牙見他答應了，並沒有像他想像的，做了假想的站長後，就不聽吆喝了，心下舒了口氣。周鐵牙又追加吩咐：「泡完茶，趕緊卸貨。今兒拉回了候鳥最愛吃的東西，還有咱們的美食！」

張黑臉問：「是啥？」

「候鳥除了糧食，還有小魚小蝦！一會兒牠們還不得搶瘋了？」周鐵牙接著說：「蔣局長慰問咱們，帶來的好吃的好喝的多著去了，高粱酒，啤酒，燒雞，烤鵝，熏魚，香腸，還有豆腐乾，皮蛋，杏仁餅，豆沙包，麻花，糖餅，兩三天咱都不用做飯！你只需採點野菜，焯了蘸醬做配菜，不然沒素的，太葷了也不行！」

張黑臉很沒出息地用舌頭舔了舔唇，問：「他來住幾天？」

蔣進發正往木屋走，聽見他問，回頭逗弄張黑臉，說：「你現在是站長了，張站長讓我住幾天，我就住幾天！你要是不樂意我住這兒，晚上我捲著舖蓋去和候鳥睡麼。」

張黑臉把玩笑話當真了，他鄭重其事地說：「那可不行，人家候鳥可都是一對一的夫妻，正是下蛋的時候，你摻和進去，萬一下個隔路的蛋，孵出來的東西，人不人，鳥不鳥的，那可咋辦？」

蔣進發笑翻在門檻上，磕著腿了，「嗨喲——」叫著；周鐵牙笑得右側顳頜關節脫位了，他哼哼著，用手托著下巴，嚷著：「噢，我的掛鈎，我的掛鈎可別廢了！」

張黑臉見他們笑成這樣，以為他們沒聽明白他的話，進而教育蔣進發，說他要是和候鳥睡了，那等於拆散一對有情人。

蔣進發扶著門框顫巍巍地站起來，說：「就是，老話說得好，寧拆一座廟，不毀一樁婚。卑職謹記。」

「婚不能拆，廟也不能毀！」張黑臉面有慍色，說：「娘娘廟的尼姑，到時去哪兒住呢？她們出了家，廟就是家了。沒了家，她們咋辦？」

周鐵牙忍著痛，也忍著笑，好不容易把掛鈎推上去了。他快走幾步，把蔣局長扶進屋，搬來管護站最好的一把榆木靠背椅，狗一樣蹲下來，用衣袖將椅面擦了擦，請局長坐下歇歇，自己趕緊生火燒水。從灶坑看出，張黑臉所言不虛，他真是在外面守了一夜，因為灶灰是冷的，看來早晨沒生過火，他還沒吃早飯呢。周鐵牙生起火後，先把那片鴨毛燒掉。以他對張黑臉的了解，沒有這片鴨毛撩撥，他對網籠的疑慮，將很快消除。

蔣局長跟周鐵牙說，他看春晚的相聲和小品，也沒這麼快活過。跟張黑臉待在一起，樂子多，管護站又清靜，空氣好，有好風景可拍，他打算多住幾天。

周鐵牙說：「您就安生住著，我給您當伙夫！張黑臉給您當服務員，疊個被褥，洗個衣服啥的，他做得都好！」

張黑臉抱著幾塊劈柴進來了，他見周鐵牙幹了他該做的活兒，有點不知所措。周鐵牙說：「張站長，不用你燒水了，你去卸貨吧。是不是早飯還沒吃？」

「從昨天到現在，我就吃了一頓疙瘩湯，德秀師父做的，那個好吃哇。」張黑臉無限陶醉地說。

「啥——？」周鐵牙瞪著眼睛，站起身說：「灶也沒壞，你咋又去娘娘廟吃齋了？」

「是德秀師父來這兒找俺，神鳥在娘娘廟坐了個大窩，她們想讓我去給挪個窩，俺沒幹。飯是她主動給做的。」張黑臉如實說。

「她除了做飯，還幹啥啦？」周鐵牙不懷好意地問。

「沒幹啥，她做完飯就回了。」張黑臉頓了一刻，回憶起了自己因飯而感動落淚的事兒，可他沒把這段講給周鐵牙。

張黑臉去卸貨，周鐵牙和蔣局長一邊說話一邊燒水，待水沸了，泡了茶，半小時後，喝足了茶，卻沒見張黑臉出現，更沒聽見門外動靜。蔣局長擺弄照相器材時，周鐵牙趕緊出去，一探究竟。

箱式小貨車的後箱門開著，周鐵牙走近時，聽見了呼嚕聲。他跳上貨箱，發現張黑臉仰面躺在箱板上大睡，他滿嘴酒氣，正做著美夢吧，不時發出快意的叫聲。他的旁邊，是一堆啃得光光的肉骨頭、蛋殼碎屑以及空酒瓶。周鐵牙察看了一下，他喝掉了一瓶高粱燒酒，兩瓶啤酒，吃掉了一整隻燒鵝，兩個皮蛋和三個豆沙包。周鐵牙想燒鵝是蔣局長的最愛，他將整隻吃掉，實在可惡！周鐵牙惱怒地踢了他一腳，罵：「豬，起來——！」

張黑臉哼了兩聲，放了一個響屁，算是回答。

第九章

蔣進發在管護站待了四天了。不用上班，不用應對各種文件和會議，他逍遙自在，無比舒暢。太陽成了他的權杖，他的行動依它而行。他凌晨四點多起來，洗漱完畢，守在金甕河畔，拍日出和候鳥。早飯後喝過茶，就去溪流、草塘、溝谷、林間，拍溪流中的遊魚，草塘中的野鴨、白鸛，溝谷裡搖曳的野花，林間的各色樹木，以及出現在他視野中的多姿多彩的鳥兒。到了黃昏，太陽離去之際，他彷彿是與情人離別，萬般不捨，把它每個下墜的瞬間，都搶拍下來。夕暉散去，他和他的鏡頭被送入黑夜，他這才回木房子吃飯歇息。幾天下來，已拍了五百多張數碼照片。管護站不能充電，他又喜歡在相機中回看作品，所帶的三塊電池，兩塊能量耗盡，最後這塊也奄奄一息了。他打算著去娘娘廟拜拜菩薩，拍拍三聖殿上白鸛的巢穴後，就回城了。畢竟單位還有一攤子事，他在管護站考察時間過長，也恐遭人非議，他可不想退休前惹麻煩。

周鐵牙陪了蔣局長幾天，疲累之極，想到還得專程送他回去，所以蔣局長去娘娘廟，他喚張黑臉陪同。

蔣進發也喜歡與張黑臉同行，他太有趣了。他見蔣進發的鏡頭始終追逐日出日落，對月亮不感興趣，便說他這是怕老婆，萬一拍了光溜溜的月亮回去，給她看見，還不得鬧翻天啊。在他的意識中，月亮就是女人。再比如他跟著蔣進發一起看相機裡的候鳥圖片，看得多了，他就很擔憂，說相機裡圈了這麼多的鳥兒，要是牠們都飛出來，是不是會把相機撞碎了？

張黑臉去娘娘廟前，特意換了襯衫和襪子，還採了一籃野菜提著，想讓娘娘廟的師父們焯了蘸醬吃。可他們剛要出發，一輛救護車駛入管護站。車停下後，三個幽靈似的人走出來。他們穿白服，戴白帽，臉上遮著嚴嚴實實的口罩，弔孝似的，沒開腔時，都辨不出男女。

「蔣局長怎麼也在啊——」其中一個高個子的說話了，甕聲甕氣的，是男聲。蔣局長從聲音、眼睛和身形上，認出他是衛生局的副局長郭順。

「順子咋到這來了？還武裝成這樣，怪嚇人的。」蔣局長說。

蔣局長與郭順的父親郭奎是老相識，郭奎剛從瓦城林業局黨委副書記的崗位退休。退休前他利用權力，將一兒一女都提拔了，女兒在瓦城二中當校長，兒子郭順在衛生局做副局長。所以郭家在瓦城，是風光之家，也是被老百姓詬病之家。

三人下了車，只向前走了幾步就停住了，沒靠近他們。

郭順先是介紹與他同來的另兩人，防疫站的小王，醫院傳染科的小李。他說瓦城發現了疑似感染高致病性禽流感病毒的患者，正在醫院隔離搶救。初步調查，與患者接觸過遷徙的鳥類有關。所以政府緊急下令，對管護站進行暫時封閉。

小李問管護站的三個人，有無不適症狀？諸如發熱，咳嗽，頭痛，胸悶，肌肉酸痛等。蔣進發先說他一切正常，腰腿倒是有點酸痛，那是因為這幾天他在管護站周邊走了走，累的。周鐵牙也說自己沒生病的感覺，早餐還吃了兩碗麵條呢。輪到張黑臉，他說自己昨晚出去撒尿，回屋時頭撞在門框上，有點頭痛。

接下來的是防疫站的小王，詢問候鳥有無異常和死亡情況的發生？蔣進發周鐵牙同聲說沒有，張黑臉想了想，說今年候鳥愛往人腦袋上拉屎，他已被擊中好幾次，看來鳥兒學壞了。他的話雖然可笑，但大家都笑不起來。

來人都是男性，他們初步了解情況後，開始將消毒水之類的防疫品搬下來，告訴他們如何配比和使用。他們還給管護站的人配備了口罩和體溫計，讓他們每天三次測量體溫。交接物品的時候，郭順返身從一棵楊樹上，掰下數棵細小的枝椏，將它們連成一條直線，橫在地上，說是分界線，在隔離期間，他們不可越界。投送物品，就放在這條線上。政府考慮的也算周到，帶來的除了消毒水、體溫計、常規藥品，還有速食麵、餅乾、火腿腸之類的食品。

蔣局長被他們這陣勢搞得有點緊張，他說自己視察完工作，該回城了，可否搭他們的車回去？就是隔離的話，他在家自行隔離不好嗎？郭順很認真地回答他，政府已啟動突發公共衛生事件的四級回應預案，疫源地人員，在隔離期間，一律不許外出。不僅是這兒，就是娘娘廟，這期間也不許人員流動，已有另一台車去那兒防疫了。這幾天他們會守候在此，一旦候鳥和人有異常情況發生，他們會及時上報，做應急處置。他寬慰他們，說不必過於緊張，也許三、五天後，警報就解除了，他們權當是在療養。

周鐵牙說：「你們都不敢靠近我們，這病有那麼邪乎嗎？消毒應該是你們防疫人員該做的事吧？」

「我們可以幫助你們消毒，不過你們得拎來一桶水。」小王說。蔣局長說：「看來你們就住在外面了？」

「是的——」郭順說：「有任何情況就喊我們。」

張黑臉吐了一口痰，說明後兩天有雨，住在外面會挨澆。

郭順問張黑臉；「這裡收聽不到廣播，你咋知道要有雨？」

「他是張黑臉嗎。」周鐵牙說：「你不會沒聽說過他吧？他閨女張闊，我記著和你是同學呢。他不用看天上是不是有鈎鈎雲，不用看水缸冒不冒汗，不用聽蛤蟆白天叫不叫，就能知道雨來不來，服氣吧？真的氣死氣象站做天氣預報的人。」

郭順說：「有雨的話也沒事，我們住救護車裡。」

周鐵牙說：「其實管護站有兩鋪炕，一鋪炕能睡兩三個人呢，擠下你們沒說的。可你們怕我們有傳染病，那就不強求了！」

「這也是出於安全考慮嗎。」郭順嫌喘氣不勻吧，或是為了表達誠意，他摘下口罩，露出一口黃牙，說：「把疫情降到最低，感染人數越少越好。」

蔣局長問：「現在有多少人感染了？有死亡的嗎？」

郭順說：「多少人感染禽流感，數字我還說不太清。死亡嗎，目前還沒有，但這是隨時可能發生的事。」

「是誰讓候鳥給傳染上病菌了？」蔣局長再問。

「是啊，我也想知道，誰得了這病了？」周鐵牙擔憂地說：「這個鬼地方不通電話，家人就是出了事我們也不知道。有沒有我們的親人和朋友呢？」

郭順顯然不想把實情說與他們，含混地說：「都是候鳥人。」

「候鳥人啊──」蔣局長攤開雙手，無所謂地說：「跟咱沒關係。」

郭順「唔──」了一聲。

蔣局長說；「對了，你爸退休後，冬天不也去海南島了嗎？他也是候鳥人了，沒事吧？」

郭順說：「沒事，他剛飛回來，在那兒天天泡海澡，快成黑人了！」

周鐵牙聽說，蔣局長雖沒隨潮流，像郭奎之類的官員在南方沿海之地買房，但他女兒在秦皇島結婚後，他在那兒也有房了。別人問起，他總說那是女兒女婿孝敬他們的。但知情人說，蔣進發女兒的婚房和他自己的那套，都是蔣局長掏的腰包，只不過為安全起見，登記在女兒名下而已。他女兒女婿都是工薪族，大學畢業沒幾年，哪來積蓄購房呢。瓦城老百姓也看得清楚，當地那些有點實權的領導退休後，很少就地養老，紛紛南飛，似乎不在外地擁有一套住房，在官場混了一遭，就是舊時代的妓女攬不到嫖客，好沒臉面似的。他們買房的錢哪里來？大家也都心知肚明。所以現在的官銜在某種意義上，快成了房產的代名詞了。

不能去娘娘廟，又不能回城，蔣局長只好回屋喝茶，百無聊賴地睡了一覺。他醒來後，聞到一股濃烈的消毒水氣味，出屋一看，周鐵牙戴著口罩，正噴灑著消毒液。蔣進發問他，張黑臉哪去了？周鐵牙說防疫站的人說茅房容易滋生病菌，是危險的傳染源，讓他去給茅坑墊生石灰殺菌。張黑臉一開始嫌這活兒髒，周鐵牙便喊了他一聲「張站長」，說危難關頭，領導總是衝在最前面的，張黑臉聽了受用，和顏悅色地去了。

蔣進發嘆了口氣，說：「呆人總是好糊弄的。」

太陽明媚地照耀著山林和河流，空中不時傳來鳥鳴，一切都是那麼和諧安詳，看不出疫病的跡象。但院子裡那條用楊樹枝椏做成的分界線，卻分明告訴他們疫病的存在。楊樹葉在早晨還青翠欲滴的，像一顆顆心形的翡翠，現在太陽把它們照得蔫軟，像褪掉了翅膀的蝶兒。

蔣進發本想把相機中最後那點電量消耗掉，去河畔再拍一些候鳥嬉戲的照片，但他現在不敢涉足那裡，怕牠們真的攜帶病菌。再說如果隔離時間長的話，極其無聊時，他可回看一下自己的作品，得把電當救命的乾糧存著，用在關鍵時刻。他開始罵電力和通訊部門，全是吸血鬼，在管護站建立之初，他們就協調這兩大巨頭，希望把電網和通訊網延伸到這裡，可他們提出的建設成本實在太高，政府負擔不起。蔣局長以為松雪庵建成後，這兩大難題會順勢而解，因為沒有電力和通訊的保障，很難吸引香客，可他最終還是失望了。他聽說松雪庵的住持慧雪師太，還很喜歡這樣的環境呢，說這才有廟的氣象。他想出家人早已修煉得能把黑夜當黎明，把風聲當美樂來欣賞。而他一個俗人，沒那麼高的境界。比如眼下，他想的就是個人安危，萬一疫情蔓延，自己不幸被擊中，一命嗚呼，那可太冤啦。因為他提心吊膽貪來的錢所購置的房子，未及享用呢。

周鐵牙噴灑完院子，又去給木房子噴消毒液。他見蔣進發眉頭緊蹙，一臉愁苦的，心下同情，從儲藏間找出一隻風箏，說：「人不能越界，風箏可以啊，誰能在天上劃界呢。去院子放放風箏，散散心吧。」

「我要是去放風箏，在它飛得最高時，就把風箏線剪斷，給它自由！它想去哪就去哪兒。」蔣進發說。

「風箏一自由，就是死了，可不能把它的線剪斷了。」張黑臉已經墊完茅房回來了，他戴著口罩，頭髮蓬亂，額頭是汗。見蔣局長因他的話而一臉疑惑的樣子，他解釋說，斷了線的風箏，哪有好命的呢，不是掛在樹梢上，就是落到溝谷和河流上，反正就是個死。而它們不脫離風箏線板，才會活著。

蔣局長說；「照你這麼說，有線牽著，反而安全？」

張黑臉嘿嘿笑著，點頭認同。

周鐵牙聽見張黑臉和蔣進發的對話，跨出門檻，說：「他說得倒有道理，我冬天回家上網，整天在網上瞎逛。看新聞的時候，發現各地抓的貪官，有好多是退休後的幹部呢。原以為離開了工作崗位，萬事大吉，現在看來可不是嘍！退了休，沒了關係網，倒是不行哇。」

蔣進發沒有好氣地說；「放個風箏，你們咋那麼多聯想！」

周鐵牙這才意識到失言，他摘下口罩，想給蔣局長一個笑臉，可他送去的笑很乾癟，蔣進發瞪了他一眼。周鐵牙尷尬地戴回口罩，回屋接著幹活去了。

張黑臉端著穀物去餵鳥時，蔣進發先是阻止，說候鳥身上可能攜帶病菌，萬一感染了，大家都遭殃。見張黑臉置之不理，只好讓他去，怕他嫌悶摘下口罩，叫了他一聲「張站長」，誇他戴口罩英俊，告誡他身為領導，在疫區戴口罩是以身作則，千萬不要摘掉，張黑臉「唔」了一聲。蔣進發又囑咐他不要靠近候鳥，投完穀物就回來。

蔣進發還是少年時放過風箏，當他輕搖風箏線板，看著蒼鷹形態的風箏徐徐升空，竟有一種回到童年的感覺。微風助力，風箏越飛越高，像真的蒼鷹在展翅翱翔，這也讓一些鳥兒發出驚恐的叫聲。蔣進發心想，天空也不是絕對的自由，鳥兒中也有霸主，誰越兇殘，誰越能擁有廣闊的天空。待風箏走到半空，他掏出指甲剪，剪斷風箏線。他在心裡跟自己打了個賭，如果斷線的風箏落在地上，說明他安然無虞，不會染上疫病；如果它不幸落在樹梢上，半空吊著，就要想方設法逃離這裡。他的目光追逐著斷線的風箏，它先是飄飄搖搖的飛得更高了些，接著發了高燒似的，迷迷糊糊地下墜，最終離地面越來越近。蔣進發祈禱它落在草地或是金甕河上，誰知一陣疾風，把它吹回管護站，跌跌撞撞地落在救護車上。待在裡面的人感覺車棚受到衝擊，以為地震，紛紛下車。蔣進發告訴驚慌失措的他們，是風箏落在上面了。郭順批評他，說是風箏升空，與飛鳥有接觸的可能，這是危險行為，切不可再做莽撞之事。蔣進發火了，說你們本該配合我們防疫的，可現在你們成了看管罪犯的警察，就差給我們戴上鐐銬了。我們真要發病的話，以你們的冷漠和自私，是不可能把我們送進城裡救治的，那麼是不是你們懷揣了密令，一旦我們染病，就讓我們死在這裡，把我們和管護站一把火燒掉，毀屍滅跡，以保瓦城的安全？

郭順被蔣進發的話嚇著了，他慢慢走向蔣局長，伸出手來，試圖握手的樣子，可他走到樹枝做成的分界線時，還是站住了，手也收了回來，他說：「蔣局長，相信科學，這只是防疫，萬一你們真的染病，我咋能見死不救呢！候鳥活動的地方，除了這兒，還有娘娘廟，您說我們就是敢燒了這兒，誰敢下令燒廟呢，那不是觸犯天條，幹著讓自己下地獄的事麼！」

蔣進發想想也是，有時政府因醫療條件差，或是怕疫情擴大行政問責，對突發傳染性疾病反應過度，也是可以理解的。郭順勸他好好休息，缺什麼就召喚他們。蔣進發仍然疑惑，說你們不用管護站的爐灶和茅房，吃喝拉撒自行解決，是不是確認管護站已不是安全之地？

郭順笑了兩聲，說：「蔣局長，我都說過了，就是一種防疫形式，不算啥！您看，天不是很藍麼？我見鳥兒也都挺快樂地飛來飛去，應該沒問題的。只是上頭有精神讓我們這麼做，我們執行就是了。要是快的話，也許三天就解禁了。」說完，囑咐同伴戴上手套，將救護車頂棚上的風箏取下來扔掉。

蔣進發說；「要是候鳥能傳染疾病的話，你們咋不阻止張黑臉去餵候鳥？」

郭順說：「他去了嗎？我們囑咐他這幾天不能去的，他也答應了。」

「他是呆子，你讓他移山，他都能學愚公，立馬就去劈山！」蔣進發說：「要是他傳染上疾病，再傳染給我，回去跟你們沒完！你們躲在救護車裡，是不是在喝酒打牌？這叫瀆職！」

郭順顯然不高興了，他不敢跟蔣局長叫板，剛好張黑臉回來了，就把一肚子氣，撒在他身上，說：「哎，告訴你不要去餵鳥，你怎麼還去！不懂人話麼。再這麼幹，我就把你綁起來了！」

蔣進發從郭順的態度上，感覺到疫情重大。所以他回到木房子後，也不管周鐵牙怎麼想，把罐頭、餅乾和瓶裝礦泉水，搬進自己住的屋子，打算在隔離期間，少與他們接觸。他還想幸虧自己沒吃野鴨，前天周鐵牙私下跟他說，等張黑臉睡熟了，逮隻野鴨給他燉了吃。他雖饞野味，但不想有把柄落在下屬手裡，再說他知道張黑臉愛惜鳥兒，萬一夜裡他醒來發現他們殺野鴨，也許會掄起斧頭，劈得他腦漿迸裂。張黑臉精神異常，也不負刑事責任的。以蔣進發有限的醫學知識，他想瓦城的禽流感既然與遷徙而回的候鳥有關，那麼一定是有殺戮行為發生。會不會是周鐵牙偷運候鳥進城，致使食用者感染了疾病呢？蔣進發想探問一下周鐵牙，但想他真這麼幹的話，也不會說實話，反倒引起他的懷疑和恐慌，大可不必。他批評自己，不該跟斷了線的風箏打賭，那個賭不能算數。他在心裡暗暗打了另一個賭，對保護區的所有候鳥做出承諾：如果你們不傳染給我禽流感，我安然回城，管他誰的親舅把持這裡，一定要把威脅你們生命安全的隱患排除，給這裡增加疼愛你們的人手，多個給你們放哨的，讓你們擺脫被殺戮的命運。

太陽落山後，天果然陰了起來。蔣進發泡了個速食麵吃下，也沒洗漱，早早躺下。周鐵牙來敲門，問他明天早餐想吃什麼。

「我有罐頭和餅乾就夠了。」蔣進發隔著門說：「明天多睡會兒，不用喊醒我。」

周鐵牙說：「手電筒沒電池了，張黑臉在您門口給您放了一盞馬燈，他說後半夜會下雨，您起夜時別忘了點燈，外面濕滑，您千萬提著燈走路。床頭櫃的抽屜裡，有兩盒火柴。」

蔣進發答應著，摸黑拉開床頭櫃的抽屜，摸著火柴，試著劃了一根。火柴杆托起一團小小的火，就像地平線升起的太陽。

第十章

兩日陰雨後，天放晴了。住在木房子的三個人，體溫正常，身體無不適症狀。蔣進發每日除了吃和睡，戴著口罩上幾趟茅房，就是擺撲克牌。張黑臉一旦做好飯，周鐵牙會勸他出來吃點，說是熱乎的總比罐頭餅乾強。可蔣局長總是隔著門說他血脂高，趁此減肥，堅決不與他們同坐。周鐵牙無所事事，就和張黑臉下軍旗解悶。張黑臉常用自己的連長來吃他的軍長，還讓司令去摳自家的地雷，帶給他片刻歡樂。而張黑臉每到飯點，會準時點起菸斗，到院子站站，伸著脖子朝娘娘廟方向張望，一看到小山那邊炊煙飄蕩，他會眉頭舒展地說：「哦，姑子們吃齋呢。」他將菸斗抽得吱吱響，無限陶醉的樣子。

到了隔離的第四天早晨，一輛警車駛入管護站，宣告隔離解除。

瓦城本無神話流傳了，但這起荒誕的禽流感事件發生後，它不僅成為了瓦城人的話題中心，而且演繹了多個版本的神話，口耳相傳。而神話的主角，是候鳥。

原來被誤診為瓦城首例患有禽流感的患者是邱老——林業局長邱德明的父親。他吃了周鐵牙送的兩隻野鴨後，咳嗽不止，胸悶異常，高燒不退，陷入半昏迷狀態。家人將他送進醫院急救，醫生為他做了全身檢查，發現他痰中帶血，肺部大面積感染。瓦城醫院的實驗室，還沒有鑑定禽流感的能力。但醫院根據邱老血常規報告中白細胞數值的急劇降低，三十九度以上的持續高燒，以及邱老家人說他到過宰殺候鳥的場所（至於這場所在哪兒，邱老家人當然沒說），院方給出的初步診斷是邱老得了禽流感。他們立即對邱老實施隔離救治，並對患者密切接觸者實行居家隔離觀察。所以那幾天瓦城林業局辦公室，是看不見局長邱德明的。與此同時，院方採集邱老血液和鼻咽分泌物的樣本，專人送至兩百多公里外的市醫院，請求上一級醫院技術上的鑑定，做病毒分離。

邱老患了禽流感，邱局長一家隔離觀察的消息，是投向瓦城春天的一枚重磅炸彈。感到危機的，是暗中吃野鴨的人，當然他們對外都不敢說是周鐵牙帶來了野鴨。先是羅玫副局長帶著母親周如琴去醫院就診，謊稱她母親一週前去管護站探望弟弟，接觸過候鳥。很奇怪的，周如琴也開始咳嗽，低燒，而羅玫嗓子啞得說不出話。跟著是福泰飯莊的老闆莊如來，被擔架抬到了醫院。他說有人賣給他一隻野鴨，他食用後頭痛難忍。他體溫正常，但自稱渾身發熱，肌肉酸痛，視物模糊，無法走路。

莊如來在瓦城是個有錢的主兒，除了福泰飯莊，還擁有一家歌廳和一個屠宰場。他與瓦城歷任公安局長，都能結為鐵哥們，所以他開的歌廳涉毒涉黃，也無人敢查。莊如來在海南島的瓊海和東方，都有房產。而且，他明目張膽養了個「小」，這個「小」，與他法律意義上的老婆，相處安然。莊如來出國旅和遊，身邊總是帶著兩個女人。他喝醉時，常與人炫耀他的所謂兩房太太的和諧。莊如來貪戀珍稀野味，麅子野豬野鹿野兔他常食，他還吃過熊肉、猞猁和狼肉。都說開河的野鴨美味，所以每年春天，夏候鳥遷徙而歸，周鐵牙總要搞幾隻給他。當然，他會付給他錢，說是給他的酒錢，實際是買的托詞。而周鐵牙拿野鴨給他，明明是賣，也不說賣，只說送給朋友嘗鮮。莊如來食肉之猛，在瓦城也是出了名的，盛傳他吃烤串，一頓能吃五十串羊肉，二十串雞肉，外加十串腰花。他吃豬蹄，一次能吞下十隻。他不愛吃青菜水果，他身邊的兩個女人，為了他的健康，練就了炒青菜和榨果汁的好手藝，哄小孩子似地餵他。莊如來一米七二的個子，體重卻有一百八十斤，患有高血壓和心臟病。他說一定要在醫院隔離觀察，萬一在家發病，不會得到及時救治。

聽說邱老、周如琴和莊如來先後入院，可能感染了禽流感，檢查站的老葛慌了。他明白周鐵牙帶進城的野鴨，是被這些人享用了。而他當初登上箱式小貨車，與野鴨也有密切接觸。因為他用手機偷偷拍攝了視頻，想以此要脅周鐵牙，求他找羅玫副局長，給女兒安排個正式工作，否則將其在網路公開。誰知計畫未行，風雲驟起呢。當政府將候鳥保護區內的管護站和娘娘廟，列為暫時隔離區時，老葛甚至以為這兩個地方的人，都已往生。若周鐵牙死了，他掌握的視頻資料，也就毫無價值了。老葛覺得自己太倒楣了，他不敢去檢查站上班了，請了病假，怕進醫院花錢，將實情說與老婆，在家自我隔離。他慶幸這段女兒住在幼稚園，無被傳染的風險。

老葛與老婆各居一屋，他濫服中藥，什麼板藍根、桑菊片、牛黃解毒片、六神丸、魚腥草膠囊，一把一把吞服，吃得作嘔，一天恨不能測二十次體溫。他通過微信，先是得知了邱老的死訊，接著是莊如來。這兩個有頭有臉的人物之死，讓他覺得自己在劫難逃，他準備立遺囑。當他寫完「遺書」二字後，突然發現自己對這個世界無甚交代的，他沒有遺產，有的都是麻煩。女兒工作無著落，也沒對象；兒子大學未畢業，將來若留在城市，也買不起房，該如何生活？他老婆倒是強壯，極少生病，五十多的人了，做計時工攀高擦玻璃，從未閃失。有時她去有錢的單身男人家幹活，老葛就很吃醋，總是拿話敲打她。她老婆直腸子，會說你瞎琢磨啥呀，我的手跟銼刀似的，皮膚又糙，滿街的水靈姑娘，誰會拿個半大老太婆尋開心？老葛較勁，說你這把歲數了，奶子還那麼挺實，我能不擔心嗎？有錢人睡慣了水靈姑娘，就像仙桃吃膩了，換換口味，啃啃老甘蔗，咋沒可能呢！老葛想他萬一死了，以老婆的溫順、吃苦耐勞和好體格，一準能再找一個不錯的人。這樣一想，覺得他不能死，不能讓老婆成了別人的。而他心理失衡的還有，當他告訴她自己可能會死，她沒哭不說，也不慌張，老葛懷疑她對自己的忠心。不過他吩咐她買什麼藥，她還是立馬去藥店。

老葛在假想的死亡線上苦苦掙扎之際，禽流感警報解除，他就像霜打了似的，精神頭頓失，一頭撲倒在床，蒙頭大睡。醒來後奔向灶房，老婆已為他包了一簾韭菜餃子。他就著燒酒，吃了一盤餃子後，嗚嗚地哭。她問他哭啥？他說寫遺書時，發覺他對這個世界沒啥可遺留的，作為男人，是個廢物，覺得悲哀。老葛質問老婆，為啥她知道實情後，一點也不為他的性命擔憂，難道她盼著他死嗎？她老婆淡淡地說，周鐵牙幹的是壞事，可你偷拍人家，幹的也是壞事，咱閨女不能靠這個去找工作，讓人戳脊樑骨。她聲稱幹了壞事的人，死不足惜。老葛聽了她的話，寒毛直立。

老葛本想跟老婆辯駁，在這世上，由於他無財富的根基和權力的蔭蔽，雖然看似和周鐵牙是一個階層的，實則不是。他的卑鄙和周鐵牙的卑鄙，性質不同。那類人的卑鄙深入骨髓，他的卑鄙是被逼無奈。可對有重生感的他來說，活著最重要，不想計較什麼了。

老葛不自覺地加入了瓦城人宣揚候鳥功德的行列。

邱老疑似感染禽流感病發後，邱德明與羅玫私下通話，他們認定是周鐵牙送的野鴨惹的禍，怕疫情擴大而失控，被追究領導責任，便將候鳥活動區域的管護站和娘娘廟，作為隔離場所，派專人前去防疫，並啟動公共衛生事件四級響應預案。誰料市裡傳來的邱老送檢生物樣本的檢測結果，並未分離出禽流感病毒，但邱老病情持續惡化，最終陷入重度昏迷，終於不治。而莊如來腦幹大面積出血，也未能搶救過來。這兩個人，一個死於重度肺炎併發多臟器衰竭，一個死於腦出血，與候鳥毫無瓜葛，所以他們很快解除警報。周如琴出了院，邱德明低調處理了父親的喪事。

邱老仰仗兒子的權杖，多年來隨候鳥節奏遷徙，過著富貴日子；莊如來身家過億，平素在瓦城呼風喚雨，很少有擺不平的事情，這兩個人的去世，讓那些底層的平民，尤其是非候鳥人竊喜，他們相信是候鳥殺了他們，禽流感真實地發生過了。

也不知從何時起，擁有漫長冬季的瓦城，階層的劃分悄然發生了改變，除了官人與百姓、富人與窮人這些司空見慣的劃分，又多了一重——候鳥人與留守人的劃分。瓦城本來是一條平靜流淌的大河，可是秋末冬初之際，這條河陡然變得一半清澈一半渾濁，或是一半光明一半黑暗，涇渭分明。生活在本地的候鳥人紛紛去南方過冬了，寒流和飛雪，只能鞭打留守者了。都說烏鴉叫沒好事，所以這黑衣使者很不受瓦城人待見。但那些鶯歌燕舞的鳥兒秋日南飛後，烏鴉卻不離不棄地守衛著北方。留守人知道烏鴉是留鳥後，對牠萬分憐惜。而烏鴉也不懼怕人了，牠們冬季找不到吃的，常來居民區的垃圾堆覓食。好心人會故意撒些甘美的垃圾，麵包渣、碎肉皮、魚骨、玉米之類的款待牠們。留守人與烏鴉建立了親密關係，近些年瓦城上空的烏鴉也就越聚越多，一群一群的。牠們冬季愛去居民區的垃圾堆，夏季則追逐著路邊燒烤攤，因為食客飽餐之後，人潮散去，牠們總能在寥落燈影裡，找到豐盛的夜宵。

候鳥人春夏回到瓦城消暑時，抱怨這小城怎麼被烏鴉環繞了，留守人會反唇相譏，說烏鴉咋了，烏鴉不嫌貧愛富，生在哪個窩就在哪個窩過活，不挪窩的鳥才是好鳥！

留守人因此而不喜歡遷徙而歸的候鳥，覺得牠們是一群貪圖享樂的傢伙，只知流連溫柔美景，是鳥中的富貴一族。然而邱老和莊如來的死，讓留守人愛上了有著漂亮羽毛和美妙音色的夏候鳥，據說這兩個人的死，是因感染了牠們攜帶的病菌。為什麼牠們會襲擊邱老和莊如來？毫無疑問，候鳥是正義的使者。

演說這類候鳥神話的，是東市場的各色業主，是平安大街出苦力的人——顛勺的、剃頭的、修鞋的、賣油的、扎紙花的、炸油條的、做棉活兒的，是城郊低矮破敗的平房中久病的人，落魄的人，有冤難訴的人。他們在雜亂的市場，骯髒的小巷，三三兩兩地聚集在一起，喊喊喳喳傳播著候鳥懲惡揚善的動人故事。在這樣的故事裡，候鳥有時是白鸛，有時是野鴨，有時又是天鵝。但牠們在傳說中，一律是神派來的光明使者，牠們的翅膀，是扶貧濟困、匡扶正義的旗幟。牠們犧牲自己的肉身，以疾病為利劍，刺向人間惡的膿包，剷除不平。

他們歌頌候鳥的羽毛，是月亮神親手縫製的吉祥袈裟；他們歌頌候鳥的尖爪，是太陽神培育的稀世花朵；他們歌頌候鳥的嗓子，是風神賜予的完美歌喉；他們甚至歌頌候鳥之遺矢，是天庭撒向人間的糖果。以前他們議論，說人生本來是冷暖交織的，可候鳥怕熱又怕冷，冬天飛走避寒，春夏飛來避暑，十足的孬種，可現在他們卻逢人讚頌候鳥的勇敢！

無論如何，生命的逝去總歸讓人傷感，哪怕死者曾作惡多端。瓦城留守人對邱老和莊如來之死，這種近乎狂喜的表現，令所有的候鳥人感到恐慌。他們發現，他們再去街上時，投向他們的目光不再是羨慕，而是鄙夷。候鳥人買東西時，小商小販隨意加價，若與之討價還價，他們會譏諷說，留著那錢能花著嗎？別像邱老和莊如來似的，人死了，錢一堆，沒處花了！

候鳥的神話廣泛傳播的時候，莊如來活著時相安無事的妻子和情人，打起了遺產分割官司，一時成為人們議論的中心。兩個人相互告對方，大老婆說她是正牌的，所有遺產應歸她和孩子所有，小老婆說她雖沒跟莊如來領證，但為他偷著生了個男孩，都八歲了，由娘家母親帶著，要求做親子鑑定，分走一半的遺產。這齣鬧劇，無疑比電視劇還奪人眼球。人們說莊如來的名字改得不好，以前他叫莊來順，嫌其土氣，改為莊如來。如來是佛，娘娘廟的師父們，誰敢在法名中自稱觀音？莊如來膽大包天取了這個名字，賤命擔待不起，就是作死。在某個版本的候鳥神話中，一隻野鴨化身一個絕色美女，半夜出現在莊如來床前，陪他睡了三天三夜，耗盡他的氣血。瓦城中傳頌這類神話的，多半是女人。而男人們更願意相信另一個版本的神話，一隻天鵝帶來了天河的美酒，莊如來是貪杯醉死的。

第十一章

老葛還是沒有聽從老婆的勸告，當禽流感風波過後，周鐵牙有天駕駛小貨車經過檢查站時，他說有要事稟報，約周鐵牙去平安大街的如意蒸餃店吃頓飯。

周鐵牙正鬧心，蔣進發回城後，說金甕河飛來珍稀的東方白鸛，說明候鳥保護成果顯著，應該增加專業人手，更好地建設管護站。他很狡猾，怕與瓦城林業局溝通，羅玫副局長會從中作梗，這次他親自跑市營林局，協調解決。也是巧了，市營林局正與一所大學合作，做一個東北候鳥群的研究專案，所以很順利成立一個「金甕河候鳥研究站」的機構，人財物垂直管理，專項經費已經下撥。市營林局合作方的大學，派來一位剛留校工作、學此專業的博士生，先期開展工作。

蔣進發做這一切，當然源自他暗中發的那個誓言。其實本無難，可他認為逃過人生大劫，應該兌現承諾，否則難以心安。

來籌建金甕河候鳥研究站的是個二十六歲的小夥子，名字叫石秉德。他住在木屋的客房，也就是蔣局長隔離時住過的屋子，他研究候鳥的生活習性，做觀察筆記。蔣局長根據要求，在木房子西側，差人拉來建築材料，建了一座一百多平米的棚屋，作為候鳥研究站基地。受傷的候鳥，以及牠們沒有孵化成功的蛋，都是石秉德救助的對象。研究站配備了小型發電機，孵蛋器，各類用於候鳥疾病的藥物，以及刀剪等醫療器械，可給受傷的候鳥做手術。

石秉德高高的個子，國字臉，鼻樑挺直，戴一副琥珀色鏡框的近視鏡，膚色微黑，看上去一表人才。他隨和周到，總搶著幹活，燒火，做飯，刷碗，掃屋子，似乎沒有他不會做的活兒。不管他多出色，周鐵牙還是反感他，嫌其礙眼。

周鐵牙鬱悶之時，誰邀他喝酒，誰就是幫他解憂。反正醉了，夜裡不回管護站，也不怕沒個正常人守候著。所以老葛約他，他雖看穿了他的心思，還是一口答應了。

如意蒸餃店以經營各類蒸餃為主，兼做一些滷菜。它的驢肉餡蒸餃和酸菜餡蒸餃，是其招牌。它舖面不大，五十平米的門面，灶房和餐區並未間壁起來，所以客人坐在桌前候餐，看得見白案的師傅手上的動作。客人多半喜歡大餡餃子，他們若發現餡打少了，會嚷著多打點餡呀！有的男人甚至開玩笑，說餡少的蒸餃，是老女人乾癟的奶子，有啥吃頭？若這時店裡有女食客，就會反唇相譏，說你那玩意老了，不也是蔫茄子嗎？關於這家小店，流傳的類似笑話很多。近年驢肉價格一路飆升，店主為了保證蒸餃餡大，只能提價。提價以後，生意一度衰落，但很快又回潮了。人們抗拒不了自己的胃，認準了這兒的美食，多花點錢最終也是認的，這家店因而開得紅紅火火。

求人辦事肯定得早到一步，再說候鳥人回來了，湧進這家店的不在少數，不好占座，所以老葛下班後，騎著自行車，早早就到了。還好有兩張閒桌，剛好有一張，就是他最想要的靠近灶台的兩人小桌，那裡始終被水蒸汽縈繞，霧濛濛的氛圍，適合他幹敲詐的事。他點了半屜驢肉蒸餃和半屜酸菜蒸餃，還有一碟滷煮花生米和一盤滷大腸。酒嗎，就是當地小燒，純糧釀造的。

周鐵牙來了，他一來老闆娘就快步笑臉迎上去，說貴客好久不來啦，真是大忙人啊！今天想吃啥餡的蒸餃，讓大師傅把餡給你打得鼓鼓的！周鐵牙指著老葛說，今天他請我，客隨主便，他點啥我吃啥。老闆娘瞟了眼老葛，說：「喲，您剛才進來也沒說請周站長呀。」這話讓老葛心裡很不是滋味，他也算店裡的老熟客了，可他進來時，老闆娘只是淡淡招呼一聲，沒這麼熱情。老葛想天下人都成勢利眼了，更覺得他今天要幹的事，沒什麼好羞愧的。

周鐵牙認識的人多，他也就一邊跟各路人打著招呼，一邊坐到老葛對面。他一落座，老闆娘便親手送上一壺茶，跟著差服務員贈了兩碟滷菜：鵝頭和鵪鶉蛋。周鐵牙拎了個口袋，裡面裝著他給老葛買的夾克衫，還有一瓶北大倉。他先拿出酒來，啟開，然後把夾克衫遞給老葛，說是自己逛街，發現這件夾克衫很適用，又不貴，幫他也買了一件。老葛滿臉堆笑地道謝，說難得周站長還惦著我的冷暖。

周鐵牙帶了酒，老葛也不客氣，把他點的小燒退掉了。他叫的菜和蒸餃漸次上來，兩個人開始推杯換盞，吃得滿面紅光，滿嘴流油。灶台上的蒸籠始終在工作，水蒸氣也就不絕如縷地播撒開來。包蒸餃的師傅們邊幹活邊熱烈地說著什麼，食客們享受美食的同時，也大聲說笑。灶上灶下，一團熱鬧。老葛和周鐵牙說話，也就得開足馬力，加大嗓門了。

老葛為了將話題引向他偷拍的視頻，先做鋪墊，講候鳥的神話。說有一隻北歸的大雁，是個轉世的沙場英雄。牠厭惡貪婪和不勞而獲的人，春回大地之際，將兩個翅膀，一隻別上弓，一隻別上箭，飛臨瓦城，射中一個民憤極大的人，翩然離去。

周鐵牙猛喝了一口酒，敲了下桌子，面露慍色，說；「老葛，咱喝酒歸喝酒，你要是像別人似的瞎說八道，可別怪我給你把桌子掀了！我實話告訴你，邱老和莊如來的死，跟候鳥半毛錢的關係都沒有！邱老這把年歲了，年年去海南過冬，不適應瓦城的氣候了，回來就不舒服，他大意了，早進醫院就沒這事了，他是肺炎併發症死的，明白嗎？感冒都能要人命的，何況他這七十來歲的人了！再說莊如來，誰不知道他平時愛吃肉，常年的高血壓？他伺候兩個老婆，生意上一攤子亂事，身體能不虧嗎？這樣的人再懷疑自己得了禽流感，整夜不睡，加上醫生處置不當，腦出血死也算正常吧？咱不說別處，單說瓦城的兩家醫院，哪家的太平間閒著了？月月死人，週週死人，火葬場從建起，那可真叫青春常在哇，女人到了一定年齡還停經呢，你見它的煙囪停過煙麼？不會停的！咋就這倆人死，這麼讓人稀奇呢？他們也是人，也不易，你們有啥解氣的呢？老葛呀，聽兄弟一聲勸，積點德吧，別隨大流，借著候鳥說死人的不是啦！」周鐵牙演說家似的慷慨陳詞，揮舞手臂，惹得灶房的師傅偷眼看他。

老葛有做賊被捉的感覺，很窘，他紅著臉，縮著手，說：「我也是聽人這麼傳，跟你不外，才說給你聽嗎。以為你管著候鳥，說候鳥的好話，你會高興呢！」

「不要以為候鳥都是好鳥兒，兇猛的欺負溫順的，大的欺負小的，為爭一條小魚互掐的，我見多了！」周鐵牙嚷著：「喝酒喝酒，不說這些沒意思的事！」

老葛為了給自己打氣，連乾兩盅酒，然後掏出手機。也不知是心裡有鬼緊張，還是喝多了酒的緣故，他的手抖得厲害，好不容易將那段視頻找到，點開，遞給周鐵牙，說：「看看吧——」

周鐵牙往嘴裡填了一個蒸餃，撂下筷子，接過手機。他一邊鼓著腮幫子大力咀嚼，一邊瞇著眼看視頻。他慢慢咽下蒸餃，視頻也看完了。他將手機遞還老葛，冷笑一聲，說：「你可真出息啊，公安局刑偵科咋沒發現你這個人才？你應該幹那個呀，要不我舉薦一下？」

老葛尷尬地說：「哪裡——您看——」

「放心，我不會要求你刪掉的！這種東西，我也知道，你刪了這條，別處還有備份！說吧，你想幹啥？」周鐵牙給自己倒了盅酒，單刀直入地說。

「周哥，周站長，我這樣做不好，下流，我也知道，真是對不住。這樣吧，您一會出去揍我一頓，我保證不還手，別把我打殘廢就行！」老葛雙手攥在一起，說：「我也是被逼無奈，才出此下策啊。我閨女您也知道，大學畢業回到瓦城，至今沒個工作，連個對象都不好找，我和你嫂子都是平民百姓，求誰去呀？就想到了您。那天也是趕巧，我怕新來的小劉上車查驗，萬一查出問題，您會倒楣。我上去後，也沒承想您逮了野鴨進城。也算是工作習慣吧，隨手就拍了留作資料，我該死！」說著，還真的打了自己一巴掌，打得很響，連老闆娘都聽到了，抬頭狐疑地看著他們。

周鐵牙乾了一盅酒，又放進嘴裡一個蒸餃，細嚼慢嚥，不慌不忙，品咂完畢，這才淡淡地說：「也幸虧你拍了這視頻，還能給我盡職工作做個證明。我剛才不是說了嗎，不是所有的候鳥都是好鳥！今年飛回的野鴨，發情期中，那叫一個熱鬧！不分品種，為了爭窩，爭食，爭寵，一會兒雄鴨和雄鴨打，一會兒雌鴨和雌鴨打，一會兒這家的雄鴨又和那家的雌鴨杠上了，鴨界大戰，亂了套了！怕牠們自相殘殺，我那是把其中四隻鬧得凶的，帶進城，想讓動物醫院的人給看看，該咋辦？怕牠們路上互相咬傷，所以才把牠們的嘴，用膠帶黏住了！不信你問問動物醫院的人，我把野鴨交給他們，人家治好了，都放歸山林了。」

「您當時可是說貨箱是空的哇——」老葛提示他。

「您當時檢查完了，不也沒說貨箱有東西麼。」周鐵牙威脅他說：「我要是真有問題，你放走我，那就是怠忽職守，單位會開了你，你連現在的工作都會沒了！至於那段錄影，你又沒錄我車號，即便視頻顯示了拍攝時間，你們那裡又沒裝攝像頭，誰能證明那個時間段，我的車經過了？豬啊，你敲詐別人前，能不能先把腦袋的漿糊清理乾淨？」周鐵牙越說越來氣，聲音也就越大。

老葛嚇得汗都下來了，趕緊給周鐵牙斟酒，一個勁的賠不是，說他鬼迷心竅了，大人不記小人過，您就饒過我吧。

周鐵牙長嘆一聲，說：「你家有難處求我，我能幫當幫，人活在世，誰沒個難處呢。但你要脅我，等於小鬼拿著繩子要纏我的脖子，往死裡整，忒他媽的歹毒了，我周鐵牙可不吃這一套！」

老葛被罵得差點哭了，他們不歡而散。

周鐵牙當著老葛的面嘴硬，出了蒸餃店，他還是心慌氣短，虛汗涔涔。夜色溫柔，他選擇了兩個路燈間的一棵榆樹，有氣無力地靠著它，讓婆娑的枝椏遮著自己的臉，連抽了幾顆菸，恢復平靜後，他去了外甥女家，把此事說與羅玫。

禽流感本未發生，但因它而起的風波，尤其是人們對候鳥神話的演繹和傳頌，讓周如琴和羅玫見了周鐵牙，彷彿一下子找到罪惡之源，不很熱情，讓他備感委屈。羅玫聽說老葛給舅舅帶進城的野鴨錄影了，極不高興，先是嫌周鐵牙做事不周全，接著埋怨他在蒸餃店，不該嗆著老葛。老葛沒達到目的，傷了自尊，為了發洩，也許會把那段視頻發到網上，細查起來，她都得跟著倒楣。不如答應他，反正下半年有一些事業單位要招人，說是考試，實則可以內定，給她擠出一個崗位也非難事。只是此事只能讓老葛一人知道，告訴他不可說與老婆孩子，而且別電話跟老葛說，免得他錄音，直接找他去，越早越好。周鐵牙想著來一趟外甥女家不容易，便說候鳥研究站如今落在了管護站，很不自由，能不能將它遷到別處？羅玫以副局長的口吻說：「候鳥管護和研究於一體，非常正常。再說這是上頭批准設置的，我們也無權干涉，你先適應著吧，等明年再說。」

周鐵牙出門時，周如琴又囑咐他，以後別這麼喝得醉醺醺的，傷身不說，有損形象；還有千萬不要再拿野鴨了，這東西看來有靈性，吃了不吉祥。她說她在醫院那些天跟自己發誓了，以後絕不食野味了。

周鐵牙儘管滿心不樂意，嘴上還是答應著。他出了羅玫家，立即打電話給老葛，說有要事，當面跟他講。可憐的老葛因傷心和絕望，出了蒸餃店，去東市場的夜市吃烤串喝啤酒去了。所以周鐵牙找到他，將他拉到一旁，告訴他這個喜訊時，老葛激動得蹲在地上嗚嗚哭了。哭完起身，覺得全世界的生靈都值得關愛，他買了一把肉串，走到東市場門口，撒到一棵楊樹下。他想無論是烏鴉還是老鼠吃了它，他都會高興。這個夜晚上演的悲劇，最終以喜劇結束，太值得慶祝了。

第十二章

春深了，草深了。雨水的降臨，讓金甕河也深了。這時出行的候鳥，以雄鳥為主。一旦進入孵化期，雌鳥腦袋中只裝著一件事，就是孵蛋——時間對它們來說彷彿凝固了，牠們趴伏在巢穴，無論風雨，柔情堅守。

山間河畔可吃的東西多了，張黑臉就不用投放那麼多的穀物了。石秉德也不主張過多投食，他說除非候鳥歸來後，趕上了極端天氣，比如春雪，或是山林大火，大自然中難以索取食物，才需要投食，否則還是由牠們自主覓食好，這利於候鳥適應外部環境，也利於種群的繁殖和發展。

石秉德很盡職，他在山中撿到無候鳥孵化的被遺棄的蛋後，會小心取回，放到孵蛋器中。那個孵蛋器像個小電冰箱，沒有電的帶動，它就無法工作。而微型發電機動力不足，噪音過大，不宜長時間工作，所以石秉德用泡沫箱，自製了一個孵蛋器。泡沫箱裡周被他鑲嵌了兩圈軟管，就像家裡裝的暖氣管一樣，箱體外鑲嵌著一個注水孔。白天他利用陽光，將孵蛋器搬到戶外，夜裡再將泡沫孵蛋器搬回研究站，將軟管注上溫水，使它們有適宜孵化的溫度。

石秉德除了孵蛋，還踏查山林，觀察野生動物的棲息環境，將非法捕獵者設置的黏網、捕獵套等等，一一清除。他也去娘娘廟，三聖殿上東方白鸛的巢穴，他去看了四回了。他很討師父們喜歡，每次去那兒，總被留下，吃頓齋飯。有時他回來，還會給張黑臉和周鐵牙帶來雲果師父炸的果子，德秀師父醬的茄子。

周鐵牙對石秉德深入了解後，驚訝於他家境之好。他父母都在大城市，是自然科學領域的大學教授，他們支持兒子來偏遠山區工作一段時間。石秉德有個女友，在英國留學。周鐵牙覺得石秉德最親密的人都在雲端，唯有他往谷底鑽，自討苦吃。問他為了啥？石秉德輕描淡寫地說不為了啥，他從事的專業，就應該多接觸山野，再豐富的書本知識，也不如實踐來得透徹。石秉德說他唯一不習慣的是，這裡通訊不便，與家人和女友聯繫，包括查閱一些學術資料，都得等他回瓦城的時候。周鐵牙趁勢勸導說：「你其實沒必要天天在這兒盯著，你們年輕人不比我們老的，哪受得了這種寂寞！蔣局長不是在瓦城給你搞了一間宿舍嗎，聽說條件也不錯，能上網，能做飯，你就待在城裡，每週來這兒一兩次不就得了？」石秉德聽後，謙和一笑，說他不能錯過與候鳥每一次接觸的機會，再說研究站剛成立，他得守在這兒。

周鐵牙只能仰天長嘆了。

石秉德的到來，也給管護站帶來了意想不到的快樂，使周鐵牙回城時，有了談資。

石秉德也研究鳥兒的智慧。比如他在金甕河邊，放置三個釣魚竿，在管護站手持望遠鏡，觀察鳥類對釣魚竿的反應。野鴨經過時，對釣竿不聞不碰，越過它直接下水。牠們知道自己沉潛下去，嘴巴就是最好的釣鉤。各色小雀也喜歡在路過時撥弄一下釣竿，牠們力氣弱，不為索取食物，純粹是戲耍，玩一會兒也就飛了。東方白鸛對覓食環境總是保持足夠的警惕，牠們看見釣竿，會站在遠處觀察一會兒，發現沒什麼動靜，才會下河。其入水之處，一定是遠離釣竿。

最讓大家想像不到的，是留鳥烏鴉把玩釣竿的智慧。有一天石秉德觀察到，有三隻烏鴉落在河岸上，其中身形較大的一隻，穩健地走向釣竿。他像個雜技演員似的，用爪子鉗住釣竿，輕輕往回拉，試探一番，然後撇下釣竿，奔向下一個，也如此試探，再奔向第三根。這時令人吃驚的一幕出現了，烏鴉對第三只釣竿如獲至寶，牠不止是用爪子，也動用利嘴，交替用力，將釣竿一直往岸上拖，另外一隻烏鴉也過來幫忙，很快釣竿被合力拽上岸，釣絲盡頭掛著一隻大狗魚！三隻烏鴉分食這條大魚時，順序不一。立了頭功的烏鴉先吃，其後是幫忙拽釣竿的，待魚所剩無幾時，那隻袖手旁觀的烏鴉，才得以享用殘羹。石秉德將觀察到的情形告訴周鐵牙和張黑臉時，周鐵牙說他五歲時肯定沒這隻烏鴉聰明，張黑臉則疑惑地問，烏鴉拽前兩根釣竿，為啥拽一拽就放手了？為啥牠知道第三根釣竿有魚？周鐵牙覺得烏鴉都明白的事情，張黑臉卻不明白，十分可笑，所以走到哪兒講到哪兒，烏鴉遛魚的故事，就在瓦城傳開了。

快入夏了，雛鳥陸續破殼而出，這時最忙碌的就是雛鳥的父母們。牠們除了自己要吃飽，還得在體內儲備盡可能多的食物，餵給小寶貝。好在河裡的小魚小蝦，山間肥美的蟲子，青蛙，地鼠，可食之物豐富，極易獲得，所以鳥群處於生活最富足的時期。但對於人工孵化的鳥兒，要把牠們餵大，絕非易事。

石秉德人工孵化的蛋，大小和顏色不同，最終孵化成功的，只有四個：兩隻野鴨，一隻大雁，一隻白尾鷂。為了試驗野鴨群能否接納非正常孵化的小野鴨，石秉德將其中一隻，放到野鴨窩，那兒有另外四隻嗷嗷待哺的小傢伙。結果小野鴨的父母發現巢穴的外來者，非常排斥，不給牠餵食，還將其叼到窩外。石秉德不氣餒，將牠又送入另一窩有雛鴨的巢穴，這回境況大有不同。人工孵化鴨，雖然每次是最後一個得到食物，但小鴨的父母，還是收留了牠。但他為另一隻野鴨找家時，卻處處受阻，最後石秉德只得將其與大雁和白尾鷂一起餵養。張黑臉這時是石秉德最得力的助手，他去金甕河下須籠，逮上活蹦亂跳的魚蝦，他在林中尋找蛛網，網上總掛著一些僵死或掙扎的飛蟲，他還尋覓螞蟻窩，這些都是飼養鳥兒的美食。因為不愁吃喝，牠們長得很快，只是不到會飛的時候，其活動範圍還局限於研究站。石秉德有天早飯後突然提議，給三隻人工孵化的鳥兒，各取一個名字。周鐵牙說這還不簡單，把咱三人的名字，各給牠們一個就是了。咱不能飛，咱的名字能飛，也是美事！周鐵牙認領了大雁，叫牠鐵牙；石秉德喜歡野鴨，認牠叫秉德，剩下那隻白尾鷂，周鐵牙說牠理所應當叫黑臉。可張黑臉一本正經地糾正，牠叫樹森。石秉德不明就裡，說為啥不讓牠叫您的名字呢？只有周鐵牙明白，張樹森是張黑臉的本名。這名字沉淪多年，現在卻不經意間浮出水面了。

一個落霞滿天的日子，管護站來了位稀客——雲果師父，她夾著一冊《金剛經》，所著灰色僧袍上，別著一簇她順路採來的紫斑風鈴草花，與她飛揚的眉毛相映成趣。周鐵牙見著她很吃驚，問她娘娘廟出了啥事？雲果師父說廟裡安然，她是聽說管護站能發電了，想省下廟裡的燈油，借光來讀會兒經書。周鐵牙沖石秉德眨眨眼，說：「你看，你帶來的電多厲害，雲果師父都來了，你造化大啊。今晚要是不出月亮，你可得送雲果師父回廟啊，不能讓師父一個人走夜路。」

不明就裡的張黑臉插言道：「廟裡的人都不怕黑！」

雲果輕蔑地掃了一眼張黑臉，淡淡一笑，說：「今晚有月亮，師傅們辛苦了一天，不麻煩你們送的。」

雲果師父無論是衣著，還是說話的語氣，與往日俱有不同，更加明媚和柔性。她佩戴的佛珠，一串淺褐色菩提，一串紅瑪瑙，一串綠松石。而她佩戴的紫斑風鈴草花，就像她攜來的法器，美麗而醒目，似乎輕輕一搖，就會發聲。

總之那個黃昏的雲果，看上去翩然脫俗。

晚霞熱鬧了一陣，先前的胭脂紅越來越淡了。天還沒黑透，石秉德也就沒有發電。大家先帶雲果隨處看看，先看菜地，她嘖嘖稱讚，說壟台比她們的打的直溜，雜草也比她們的少。最重要的是，茄子比她們的開花早，倭瓜坐果也比她們的大。周鐵牙說他們種地，用的是管護站茅房的大糞，男人的糞肥勁大，所以這兒的菜地營養足。他的話令雲果緊了下鼻子。看過菜地，雲果隨他們進了研究站，看石秉德人工孵化的鳥兒。她說想不到不用將蛋坐到鳥屁股底下，鳥兒一樣出生，真是神奇。叫秉德的野鴨調皮，見雲果走向牠，便啄她的布鞋，引得大家再觀察她的鞋子，原來黑色圓口千層底的布鞋上，繡著粉色的芍藥花和金色的蜜蜂，小野鴨一定覬覦那毛茸茸的蜜蜂，以為可以吃呢！雲果抿嘴樂了，大家也樂了。

從研究站出來，周鐵牙沏了茶，大家坐在管護站前的院子聊天。植物越來越茂盛，蚊子也就多了起來。張黑臉見雲果不停地用手拂面前的蚊子，知道廟裡的人不殺生，趕緊籠了堆火，壓上蒿草驅趕蚊子。周鐵牙對雲果說，你看張黑臉這個呆人，在心疼女人上，卻比別人聰明呢！雲果說張師傅這是菩薩心腸。

周鐵牙問娘娘廟最近香客多嗎？雲果說這半個月來的人，還真不少，這與大家傳娘娘廟來了送子鶴有關。想有孩子的人，都來三聖殿求子，這相對緩解了慧雪師太的壓力。因為開春以後，瓦城宗教局的幹部，來娘娘廟兩回了，說別的地方的寺廟，得到的布施多，香火錢多，能帶動旅遊，為當地經濟發展助力，可松雪庵卻吸引不了香客，寺廟應該找自身原因。宗教局的人出點子，說三聖殿有東方白鸛坐窩，就可以廣泛宣傳，說是送子鶴飛臨；還有瓦城林中不乏松樹明子，松樹明子油脂飽滿，色澤漂亮，芳香宜人，他們發現很多百姓，將其加工打磨，穿成手串，非常漂亮。松雪庵可與瓦城私營木器廠合作，將松樹明子加工成佛珠，給它取個豁亮的名字——北菩提，放到寺廟開光出售，肯定大受歡迎。

慧雪師太覺得宗教局提出的方案可行，只是松樹明子被大量用於製作佛教信物後，廣泛採集，會不會對生態環境造成危害？因為松樹明子多生長在樹齡高的老樹身上，通常橢圓形，像鳥巢一樣，有的會被狂風和雷電給擊落到地上，但大多還在樹冠，不易摘取，有的人為了得到松樹明子，甚至將整棵樹伐掉。宗教局的人說這個就不用你們操心了，公安局森保科的人自然會管起來的。所以娘娘廟的法物流通處，以後要賣自產的北菩提了。

「森保科管得住嗎？」周鐵牙哼了一聲，說：「春節後採達子香花的，也沒見他們管了誰！一種東西值錢了，那就是這種東西落難的時候。」他知道自己沒資格說這話，但石秉德在場，他認為有必要做個表態。

石秉德問雲果師父，上次見到慧雪師太，法師跟他說，聽到瓦城流傳的候鳥的神話，甚為憂慮，想去瓦城講經說法，讓人們消除憎惡心，不知去了沒有？

雲果微微翹了翹腳，說：「師太何時去，也沒跟我們說。不過最近她進了一次城，是去看要做北菩提的木器廠。傳法嗎，佛家不拘形式，隨時隨地——」說到這兒，她發現火堆上，張黑臉採來壓火的艾蒿中，夾著一枝翠菊，連忙將其救下，將莖掐去一段，吹了吹它身上的灰，別在僧袍翻卷的袖口上，然後提示管護站的人，天已黑了，該發電了。

雲果師父果然在發電機的轟鳴聲中，端端正正地坐著，唸了兩個小時的《金剛經》。她還想再唸下去的時候，德秀師父一手提著禪杖，一手提著一個塑膠袋和兩把傘，出現在管護站。她說望見月亮被濃雲裹挾著，恐是有雨的樣子，雲果沒帶傘，怕她淋了夜雨生病，故來接她，順便送點自己剛醬好的豆腐乾。

雲果嘴上對德秀師父說著感謝的話，神色卻頗為落寞。她將經書合上，起身，將僧袍別著的花兒逐一取下，放在背後的窗台上，謝過師傅們所供的茶和電，跟著德秀師父走了。走到橋上時，雲果回了一下頭。發電機停止工作了，管護站陷入黑暗。

而月亮在她們接近松雪庵山門的時刻，從濃雲中跳將出來，像一面黃銅大鑼，等著誰去敲響。

第十三章

夏日的山林，所有的絢麗，都集中在一個時刻——向晚時分。太陽落山之際，霞光四溢，它讓大地金光閃爍，讓鳥兒羽翼流光，讓河流成了熔金爐。人們有理由相信太陽是闊佬，告別時刻，大把大把撒金子，想讓即將迎接黑夜的人們，有一顆富足的心。

以往張黑臉從管護站回城，都是和周鐵牙一起，當日來去。石秉德來了以後，張黑臉嚷著回城剃頭和吃餃子時，周鐵牙就讓他稍等一兩天，等石秉德進城辦事時，帶他回去。

這天石秉德和張黑臉終於可以一起回城了，周鐵牙無比欣喜。他過節似的，晨起刮了鬍子，還換了襯衫。他想隨心所欲過上一天，偷吃隻野鴨，獨自醉上一場。所以他囑咐他們，當夜可住在城裡，管護站和研究站有他照應著，不必擔心。

他們一走，周鐵牙就哼著小曲，從儲物間拎出兩隻網籠，又將放置在牆角鐵皮罐中，張黑臉養著的用於釣魚的蚯蚓，摳出幾條掐死做誘餌，去了一處開滿了紫色櫻草花和金黃色荷青花的溝塘。他最近常見剛出巢的小野鴨，踉踉蹌蹌地跟著父母，在這條蟲子叫得歡的溝塘進出，練習覓食。

周鐵牙太想吃野鴨了，一是今年還沒嘗著這野味，饞得慌；二是想藉此消除一下心理陰影，不能因為邱老和莊如來的死，就此認定吃野味不吉祥。

管護站平素是沒人來的，周鐵牙好久沒洗澡了，所以先燒了鍋熱水，趁著張黑臉和石秉德不在，將澡盆拎出，放到院子的太陽底下，脫光衣裳，放心大膽地洗了個澡，然後將洗澡水就手潑在院子裡。他想幸虧沒建瞭望台，不然哪能這麼逍遙呢。

瓦城的幾位政協委員，曾聯名提議，在管護站建立遊客觀光瞭望台，將其打造成一個特色旅遊景點。這個提案羅玫批給營林局辦理，蔣進發知道周鐵牙靠著羅玫，打造的是他個人的世外桃源，得罪不起，所以給政協委員的提案答覆是：此案想法很好，但瓦城候鳥群規模不大，金甕河流域的生態環境也有待進一步恢復，建立遊客觀光瞭望台，時機尚不成熟。此案也就不了了之。

周鐵牙洗完澡，坐在木墩上一邊抽菸，一邊瞇縫著眼曬太陽。他此時不缺音樂，風兒像多情的手指，讓樹和花草做了琴弦，輕撥慢彈，發出動聽的聲音。此外金甕河的流水聲，各色鳥鳴蟲鳴，在消去人語的時刻，此落彼起，令他愜意。

周鐵牙心底也確實愉悅，因為在和石秉德深談後，得知他不過是以學科領域帶頭人的身分，來這裡創建研究站，最終還是要回到大學。研究站早晚也要交與地方管理，他的團隊，會不定期有人過來，繼續科研工作。周鐵牙想只要研究站交與地方，等於交與他，管護站有筆經費，研究站再來一筆，豈不錦上添花？只要將財權抓住，錢是爺爺，他手頭寬綽了，哪怕在專家面前裝孫子，又能算啥！

周鐵牙琢磨著逮著野鴨該怎樣吃才過癮，清燉還是醬燜？剛飛回的野鴨長途遷徙，體力消耗大，油脂少，清燉好；而牠們孵蛋後，身心俱疲，那時的肉質最不好。現在小野鴨四處跑了，大野鴨猛勁補充食物，蓄積能量，所以肉質肥美，紅燜一定錯不了！

確定了吃法，周鐵牙又琢磨著該怎樣殺鴨，要殺得乾淨利索，不能留下血滴和鴨毛這些屠戮野鴨的證據。他想殺鴨時，地上鋪一張大塊的樺樹皮，樺樹皮易燃，濺上鴨血也不怕，填到灶坑燒掉就是了。還有鴨毛，最好也燒掉，上次張黑臉在網籠發現鴨毛，差點引起麻煩，這次絕不能犯這種低級錯誤。只是燒鴨毛氣味大，得敞著門開著窗。還有就是做完野鴨之後，要用堿水好好刷鍋，免得留下油垢和氣味。最後呢，就是吃完後怎樣處理鴨骨頭。鴨骨較硬，燒不化的，不如將它們隨便扔到哪條溝谷裡，哪種動物願意啃骨頭，就讓牠們啃去。

設計好了一切，周鐵牙起身去遛網籠。他曾擔心野鴨目下不缺吃的，會一無所獲，可眼前的情景讓他心花怒放，兩隻網籠各逮了一隻，一雌一雄。周鐵牙見雌鴨孱弱，一身骨頭，想著牠沒甚吃頭，將其放了，帶回了斑嘴大公鴨，麻利地殺掉，燒了鴨毛，將洗鴨子的污水，倒得離木屋遠遠的，仔細察看網籠無一絲鴨毛，這才放回儲物間。不到午時，便燒火燉鴨。十一點時，他已盛出鴨肉，啟了瓶酒，在院中鋪一塊氈子，置酒肉於其上，開始吃喝。當他吃到一半時，隱約聽到摩托車聲響，以為幻聽，沒有在意，可是這聲響越來越大，昭示他有人駛入了。周鐵牙欲將盤中所剩鴨肉倒進茅房，已來不及了，摩托車駛入管護站。

原來是檢查站的老葛！他和他的摩托車，滾得一身泥水，看來前段持續落雨，導致路面翻漿，他駕駛摩托車一路過來，沒少栽跟頭。

兩個卑鄙的人相遇，會有心照不宣的快樂，因為沒有什麼東西，是怕放在陽光之下的。周鐵牙慶幸沒來得及處理掉盤中野鴨，否則他悔死了！

「你狗鼻子夠靈的啊，聞到我烹了野味？」周鐵牙無所顧忌地挑明他在吃野味，還指著盤中的野鴨，揶揄道：「你也嘗嘗？嘗之前要不要先錄個像？」

老葛將摩托車扔在一旁，尷尬笑著，說：「站長哇，咋把我想得那麼不堪呢！」說完，從上衣兜摸出手機，撇給周鐵牙，說；「您經管著，這還不放心嗎！」

周鐵牙抹了一下油嘴，也不客氣，將手機電池卸下，說：「越來越懂規矩了嗎。」

老葛嘿嘿樂著，嚷著內急，先去方便了。周鐵牙趕緊從儲藏間再取一瓶酒，又啟開一聽鳳尾魚罐頭，給老葛拿了雙筷子。

老葛從茅房出來後洗了把臉，將沾了泥點的襯衫脫下，用洗臉水揉搓幾下，搭在近前的一棵松樹上，赤膊坐在周鐵牙對面。

「是不是看到石秉德開車和張黑臉進城，你想著管護站就我一人，幹不出什麼好事，來逮個現行，再給你增加點籌碼？」周鐵牙說。

「前半句是對的，我見他們進城，剛好我交班，一算計您有十來天沒進城了，惦記著，所以趁他們不在，來跟您說說體己話。」老葛先嘗了一塊鴨肉，讚歎野味到底是不一樣，吃著倍兒爽，然後說：「我來這兒，最主要的還是報喜！」

周鐵牙呸了一聲，說：「我現在這個樣子，就是湊合著過，哪來的喜！」

「所以說哇，這兒沒手機信號，就是不行！都說好事傳千里，你這兒離瓦城，也不算遠，可你看你們家這大好的消息，我先知道，你都不知道！」老葛端起酒盅，和周鐵牙乾了一盅。這才在他的催促下，細說原委。原來三天前市委組織部下來考核邱德明和羅玫，邱德明要接鄭家和書記，成為瓦城的一把手，羅玫要提拔為林業局局長，接邱德明。

「鄭家和書記去哪兒啦？也提拔了？」周鐵牙問。

「哦，他平調到市政府，做副秘書長，一個閒差，他老大不樂意了。」

老葛眉飛色舞地說：「人家都說啊，這次為了提拔羅副局長，就得讓邱德明局長接書記，給她倒位置，所以鄭家和書記是被扒拉走的，都說咱外甥女關係硬呢！」

「邱局長雖然平級調整，但書記是一把手，他算重用，也該高興哇！」周鐵牙說。

老葛說：「邱局長今年可是不順哇，爹死了，他當書記，說好聽的是一把手了，但書記哪有局長有實權啊，外頭人都說，這次調整，其實就是安排咱外甥女，不得不動那兩位的！」

「人一走運，多嘴多舌的人就蹦出來了！」周鐵牙說：「不是我替自家人說話，別看玫玫年輕，她處理問題穩當，工作能力沒得說，提拔她那是應該的，說明市委有眼光！」

「就是，羅局長是咱瓦城的驕傲！」老葛說：「您這當舅爺的可不得了，有這麼出色的外甥女，連我都覺得臉上有光呢。」

老葛從褲兜掏出一個紅包，遞給周鐵牙，說是賀禮，羅玫日理萬機，沒時間接見他，但羅玫答應幫他女兒找工作，讓他想想心裡都熱乎！錢不多，一萬塊，是個心意，求周鐵牙給羅玫買件衣裳送去。

周鐵牙心想如今求人辦事，哪有不花錢的道理？雖說自己有把柄落在他手裡，但老葛不傻，以要脅手段辦成的事情，最終雙方會成為仇人。而他示弱，則還能做朋友，繼續求他辦事尤有可能。還有啊，羅玫馬上要做局長了，更能說得算了，老葛可能要在女兒的工作上挑挑揀揀了。

周鐵牙這樣一想，覺得一萬算個毬，現在辦個工作，花個十萬八萬都很正常。所以他毫不客氣，理直氣壯地把錢揣進腰包。他想羅玫也不差這幾個小錢，自己收著就是了。

老葛再喝一盅酒，訕笑幾聲，說：「站長哇，咱外甥女要做局長了，孩子工作的事情，一個是抓緊，還有就是我聽說有幾個崗位，像水利局和廣電局，都要招人，這種事業單位，工資高，醫療待遇好，就別把孩子往那些沒啥發展的單位安排了，求求咱外甥女，給咱閨女一步到位，行不？」

儘管周鐵牙討厭老葛一口一個咱的，心想誰和你是一個外甥女了？你的閨女跟我有啥關係呢？但他還是笑呵呵地說：「放心吧，我一定跟她說，把好崗位給咱閨女留著。」

老葛為了女兒工作的事有了保障而開心，聽到羅玫高升的周鐵牙更是開心，他想以後再去瓦城的飯館，誰還敢收他的吃喝錢呢？在街上遇見熟人，肯定都是別人老遠伸出手來，主動與他打招呼。邱老和莊如來的死，以及候鳥神話的廣泛傳播，曾讓他為羅玫的處境擔憂過，覺得不是吉兆，看來他太多慮了。

周鐵牙抬頭的一瞬，望見了娘娘廟的炊煙，他頗為感慨地說：「管護站挨著娘娘廟，看來還是好哇。」

「你不說我倒忘了，我聽人家議論，說羅局長交好運，是因為宗教局歸她管，她張羅建的娘娘廟，所以菩薩給她福報。」老葛說：「要不是我今天吃了野鴨，喝了燒酒，也想騎摩托過去，給菩薩磕幾個響頭呢。」

老葛喝興奮了，絮叨個沒完。周鐵牙怕他這種狀態騎摩托車回去不安全，說是改日回城再喝，及時把酒收了，讓他回屋睡個午覺，醒了酒再走。老葛也乏了，順從地去周鐵牙的屋子休息去了。

周鐵牙連忙將野鴨骨頭包在一張舊報紙中，走出院子，遠遠處理掉了。他往回走的時候，心裡有點不是滋味了。外甥女升任局長，滿城人都知道了，羅玫卻沒差人過來跟他說一聲，分享快樂，看來他這個當舅的，對她來說並不重要。而來報喜的老葛，打的不過是個人的小算盤。周鐵牙由此想到石秉德人工孵化的那隻小野鴨，初始被野鴨群接納了，但最終牠還是被其他小野鴨給合力啄死，便覺得天地間所有的動物，無論低級高級，逃不脫弱肉強食，免不掉利己排他。羅玫沒發跡前，周鐵牙和姊姊之間還有一條緊密相連的線，而羅玫的官職就像一把鋒利的劍，將這條看不見的線給斬斷了，周如琴飛到山巔，而他落入谷底，從此他們看他是睥睨天下的俯視，而他只能奴隸似的仰視。周鐵牙這樣想的時候，覺得金甕河上浮動的陽光，也有裹屍布的意味了，因為在看似平靜的水面下，生物間的殺戮，牠們在深處攪起的或濃或淡的血污，從來就不曾消失過。

第十四章

張黑臉今年是從管護站第一次回城，他喜氣洋洋的，見著誰都呵呵樂。熟悉他的人跟他打招呼時會說，瞧瞧你的頭髮都過耳根了，再長的話，都該紮小辮子了！張黑臉趕緊說，這不回來剃頭麼！他沒回家，先去平安大街，到他常去的發財髮廊剃頭，那兒有個老師傅，與他同姓，懂得他的喜好，哪兒留長，哪兒剪短，了然於心。

張師傅見著張黑臉，驚叫一聲，說：「快成野人了麼！咋才回城呢？是不是被山裡的狐狸精蛇精呀的給迷住了？」

張黑臉搖了搖頭，嚷著渴了，朝張師傅要了一杯水喝掉，然後坐在顧客坐的轉椅上，瞄了眼鏡中的自己，也忍不住驚叫一聲。鏡中人竟像一個下了多年大牢的人，髮絲糾集，雜亂無章，像誰寫的一篇又長又臭的文章，令人厭惡地掛在那裡。他隔三差五刮鬍子，卻沒管過鼻毛，誰知鼻毛張牙舞爪地探出鼻孔了，蒼蠅似的，讓人不爽。總之他不想再看這樣的自己，喚張師傅趕緊打掃他的頭。

張師傅技藝好，一邊拾掇他的頭，一邊跟他說話。他說盛傳禽流感流行的時候，知道封了管護站，還為他擔心呢！他問張黑臉那時怕不怕？張黑臉甕聲甕氣地說，挨著娘娘廟，有菩薩保佑著，有啥怕的？張師傅聽他這樣說，就告訴他廣電局的禮堂，就是面向市民開放的公益講壇，今天下午的主講人，就是娘娘廟的慧雪師太。張師傅說他老婆近年聞到肉味就噁心，吃素兩年了，別人說她這是與佛的緣分到了，所以拉他一起去聽聽呢。

張黑臉問：「下午幾點開講呢？」

張師傅說：「好像兩點吧，咋的，你也有興趣聽？」

張黑臉沒說去還是不去，而是囑咐張師傅，別忘了把鼻毛也給他拾掇一下。張師傅說這還用您交代麼。張師傅給他剃完頭，要修剪鼻毛的時候，發現張黑臉仰著臉睡著了，他不忍心弄醒，由他睡了半小時，看著快晌午了，才推醒他，給他剪了鼻毛，洗了頭。張黑臉付過錢，一身清爽地走出髮廊。

平安大街的餃子館有好幾家，張黑臉在管護站吃的帶餡的食物，是各類肉罐頭調和的，所以他回城，喜歡吃的水餃，餡料要新鮮，偏素，比如雞蛋西葫蘆餡的，鱍魚韭菜餡的，芹菜粉條餡或是豆腐青椒餡的。張黑臉進的是順心餃子館，店主知道他這個習慣，他一進門，趕緊把他青睞的各種餡，都報一遍。張黑臉聽說有蝦仁黃瓜餡和豆腐韭黃餡的，各要了半斤，外加一瓶啤酒。

正午時分，在平安大街附近上班的人，以及外地來此消暑的候鳥人，多湧入各家飯館，順心餃子館顧客很多，只有一張閒桌了。張黑臉坐過去後，有兩位認識他的人，各懷目的，端著正吃的餃子，湊將過來。其中一位是水廠的收費員小金，另一位是開花店的老黃。老黃一坐下，就跟他宣揚候鳥的神話，把張黑臉聽得一愣一愣的。因為候鳥的翅膀在這個故事中，是閻王爺的生死簿子，候鳥依照那上面的名字，去捉拿人間罪孽深重的人，邱老和莊如來的名字，就在候鳥的翅膀上，所以他們死了。

老黃見張黑臉的餃子上來了，也不客氣，從他盤中夾了一個，讚歎剛出鍋的餃子好吃。他忽悠張黑臉，稱他為半個神仙，請他預測候鳥的翅膀上，下一個會出現誰的名字？為了從張黑臉口中得到他憎恨的人的名字，他誘導他，說是公安局森保科的人，個個壞蛋，他春天為了蓋個雞窩，去河邊砍了一捆柳樹，結果被執勤的人發現，狠罰了一筆。老黃說這幫傢伙才勢利眼呢，當官的親屬偷運木材賣掉，整車往外拉，他們權當瞎子，而他砍捆柳樹，他們就不依不饒。對待無權沒錢的人，他們才裝得一團正義！其實他們背地壞事沒少幹，他就知道有下歌廳泡妞的，還有吸毒的呢。張黑臉聽老黃這麼一說，趕緊問這都是些什麼名字，老黃一一告訴他，張黑臉就義憤填膺地把他們的名字都點了一遍，老黃心花怒放的，特意給張黑臉添了一瓶啤酒。

不過說完這幾個人的名字，張黑臉連吞了三隻餃子後，還是申明候鳥的翅膀不是閻王爺的生死簿，而是雨傘。他敘說當年一隻神鳥如何用翅膀為他遮雨，而如今這神鳥飛到金甕河了。老黃聽後覺得好沒興味，又吃了張黑臉盤中兩個餃子，嘟囔著什麼，買單走了。

老黃走了，輪到小金說話了。此時的張黑臉將兩瓶啤酒差不多喝光了，目光溫柔，滿面紅光，正是求他的好時機。小金先誇張黑臉剃了頭精神，再誇他剛才講的神鳥故事好聽，接著說他幾次登門去他家收水費，總是遇阻。瓦城自來水公司規定，凡是沒安裝水錶的用戶，居民每戶每年繳納二百六十元，商用是三百八十元。張闊經營家庭旅館，應該按商用算，可她說住在她家的，都是親戚朋友，堅決不按商用的繳納，弄得他很頭疼。小金說今天趕巧碰見他，如果他把水費交了，等於為女兒解憂，省得他再往張闊那跑，騎著摩托車去這幾趟，油都沒少耗費，可還收不上水費，每次回來都很鬱悶。因為收費承包後，他收不上來的費用，就得自己先行墊付。

張黑臉聽了個大概，就把兜裡的錢都掏出來，問這些夠不夠交費的？小金激動得臉都紅了，從七百多元裡數出四百塊，把餘下的錢讓他收回去。小金隨身帶著收據本，開了一張三百八十元的水費單，遞給張黑臉，讓他回家交給張闊。該找還張黑臉的那二十元，他見他沒意識要，索性不找零了，心想就頂了油費了。

張闊見父親回來了，剃了頭，又一身酒氣，知道他從平安大街過來的。張黑臉見著她，先把水費收據遞上，接著挨個屋子轉了一圈，數數有多少綠花枕頭，因為綠花枕頭是專為客人預備的，以此探明張闊今年接待了幾個候鳥人。之後他去院子的木椅坐下，解下襯衫最上的兩顆紐釦，想著吹吹風。

張闊跟到院子，甩著水費收據，先罵小金欺負呆子，是婊子養的，跟著埋怨老爹不該交費，因為她的家庭旅館，一年只開半年，來的人又不多，也就是洗洗涮涮，跟家裡多兩三口人一樣，用不了多少水。而東市場開洗衣店的，不過與自來水公司的領導好，非說那兒不具備安裝水錶的條件，一年按商用才交三百八十塊的水費，你說一個洗衣店，一年得浪費多少噸水啊，這不明擺著欺負沒門路的老百姓嗎？張闊責備老爹辦了錯事，所以不能還他交納的水費。

張黑臉漠然看了一眼女兒，說他兜裡有錢，不需她給。張闊這才和顏悅色地把水費收據仔細疊好，揣進褲兜兒，給他倒了杯茶，又拿了把蒲扇，說管護站暫時封閉時，她真以為老爹得了禽流感，哭了好幾回呢。張闊倒也沒說假話，她那時心急如焚，怕老爹死了，她手裡攥的那張工資卡，成了乾涸的河流，再不會滋養她了。張黑臉聽女兒說惦念他，「唔——」了一聲，一手搖著蒲扇，一手將端的茶喝得滋滋響，然後問張闊，他家住著四個候鳥人，咋一個都不在家裡，她不給他們做午飯嗎？張闊晃著腦袋說，今年家中住著五人，咋說四人呢？張黑臉說數外人用的枕頭，數出四個。張闊瞇著眼樂了，告訴她今年住的客人，有兩位是去年來過的，一對湖南退休的教師夫婦，另兩位也是一對夫妻，廣東來的，避暑加上蜜月旅行，至多住一個月。他們新婚，共用一個枕頭。另一位嗎，是來自北京的一位畫家，他整天在山裡轉，星星出了才歸。他們除了早餐在這裡共用，午餐不用管，街上餐館多，隨便吃點就是了，晚餐是她來做，所以沒有往年那麼累。張闊抱怨候鳥人來了以後，攤販們都黑了良心了，聯合給副食品漲價，經營家庭旅館的為了留住客人，卻不能漲房價，利潤沒往年多了。她樂得他們出去吃，少吃她一頓，她就多賺些。

張闊告訴老爹，周鐵牙的外甥女要當林業局局長，成為瓦城響噹噹的二把手了。她說管護站肯定還要增加經費和投入，周鐵牙的賺頭大，也不該虧了他。張闊慫恿老爹，讓周鐵牙給他漲工資，一個月至少多開三百塊，否則給他撂挑子。

自從張黑臉進了門，耳裡聽到的都是錢錢錢，這令他疲乏，他放下茶杯和蒲扇，打算瞇一會兒。想著自己的住屋，擺的都是綠花枕頭，無他容身之處，就去客廳的沙發，蜷腿躺下。

張黑臉睡得正香，被一股炸辣椒的氣味給嗆醒了。起來一看，張闊正在灶房，給一個瘦猴似的長臉男人做酸辣魚。張黑臉見他留著長髮，手指甲沾著各色油彩，知道他就是張闊所說的畫家了。他告訴女兒，自己回管護站了。張闊咳嗽了一聲，說：「要是周鐵牙不給老爹漲工資，我去找他，有他好瞧的！」

石秉德約張黑臉下午四點鐘，在平安大街北口匯合。怕他忘記時間，在他手心用圓珠筆寫了個數字「4」，所以這個時間他牢牢在握。他看了一下手錶，剛剛兩點，時間還早，他想不如去麻將館，看人打牌去，順便喝杯茶。走著走著，忽然想起下午有個活動，他想參加來著。是什麼呢？他停下腳步，仔細回想，卻無答案。但他記得他是在平安大街得到那個活動的消息的，所以他先回到順心餃子館，店主以為他拉下什麼東西了，問他丟了啥？張黑臉問他，自己下午想幹啥了的？店主笑了，說我咋知道你想幹啥？你還想吃餃子的話，我給你包；你想小賭，麻將館就在後趟街；你想睡女人的話，我給你一個祕密電話，保你約到模樣好又便宜的小姐！張黑臉說吃喝嫖賭不是他想幹的事，他出了餃子館去了發財髮廊，張師傅不在，另一位小師傅告訴他，他去廣電局的禮堂，聽娘娘廟的師父講法去了。張黑臉一拍腦殼，大叫一聲：「就是這事哩。」

張黑臉氣喘吁吁地趕到禮堂時，講座已開始半個小時了。能容兩百人的禮堂，只有最後一排還剩三、四個座兒，張黑臉選了靠走道的一個位置坐下。慧雪師太的話語，通過擴音器放送出來，令他有陌生感。因為陌生，他覺得台上被燈光過度照耀的慧雪師太，也不像在廟裡見到的那般樸素親切。張黑臉聽了一會兒，覺得無甚意思，歪頭打起瞌睡，呼嚕聲隨之響起，前面的聽眾頻頻回頭看他，發出笑聲。工作人員連忙過來推醒他，勸他出去。可他執拗地說，他沒睡，他在聽。接著沒頭沒腦地大聲說了句：「睡足了，把腦袋倒空了，經文才能鑽進去呀。」他左右的人聞聽此言，愈發地笑。

張黑臉沒有走的意思，工作人員只好坐在他身邊看著他。呼嚕一起，就戳醒他。就這樣他幾次睡去，幾次被弄醒，慧雪師太主講部分已結束，進入了聽眾答問環節。聽眾提問，最終由慧雪師太，綜合問題統一回答。人們提的問題五花八門：

人生的苦很多，為啥非說八苦？
現世的善良窮人，轉世能成為富人嗎？
心不動，萬物皆不動，究竟是啥意思？
持戒靜修，真有好報嗎？
居士和沙彌的區別在哪裡？
豬八戒的「八戒」，指的是啥？
西方淨土，果真是「花鳥都能唸經，滿地盡是琉璃」嗎？
人要覺悟，非要像釋迦牟尼那樣，在菩提樹下嗎，在瓦城的松樹下，可以讓人大徹大悟嗎？
出家人可以望見彼岸花嗎？
娘娘廟來的送子鶴，真的能給不育者帶來福音嗎？
菩薩為啥看著壞人橫行，好人受欺壓，卻不從蓮花寶座走下來救苦救難？
菩薩睡覺嗎？菩薩睡覺的話，也閉著眼睛嗎？

候鳥人是這個社會的新貴階層，他們的世界總是春天。菩薩有本事讓苦寒之地四季無冬，讓沒能力遷徙的窮人，避開人生的風寒嗎？

從你剛才的講述中，知道你家境很好，出家是因為憐惜每一個生靈，看破紅塵了，是心靈聽從了佛的召喚。其實你不出家的話，就憑你這麼好的身材，美麗的眼睛，尖下巴，高鼻樑，好看的唇形，絕對是一大美女，不知多少男人會向你求婚。你不後悔遁入佛門嗎？你還惦記生養你的父母嗎？

一個人皈依後就不怕死了吧？

有人說娘娘廟的雲果師父，曾是一個官員的情人，官員貪腐事發，她怕受牽連，就把名下官員送的房產，更名給弟弟，剃髮做了尼姑，檢查機關哪會找出家人的麻煩呢？她以此保全了財產。據說這官員有多個情人受牽連，只有雲果逃過一劫。如果這傳言是真的，那麼她的出家不是發乎真心的。她在廟裡，是不是對菩薩的不敬？

都說放下屠刀，立地成佛，那為啥一個人殺了人，幡然醒悟了，法院還會判他死刑？

太陽下山後，月亮就出來了，月亮是太陽的轉世靈童嗎？

是不是有心的動物都不能吃？

娘娘廟的香火錢，最終幹啥用了？

信了佛，就不能供奉狐仙和黃大仙了吧？

走夜路頭皮發麻，是不是遇見鬼了？

遭遇災難的一刻，唸哪句佛號，最能化險為夷？

……

慧雪師太對每個人的提問，都凝神諦聽，提問結束後，工作人員上來悄悄提示她，說講座加提問，時長兩小時，現在時間已到，可以簡要回答問題。慧雪師太微微頷首，對大家說：「阿彌陀佛，時間到了。在時間面前，所有的問題，都不是問題了。我想告訴大家，出了這個門，有人遭遇風雪，有人逢著彩虹；有人看見虎狼，有人逢著羔羊；有人在春天裡發抖，有人在冬天裡歌唱。

浮塵煙雲，總歸幻象。悲苦是蜜，全憑心釀。」

講座結束了，一些信眾湧到台前，有的給慧雪師太獻花和水果，有的請她在經書上簽上法名，還有的奉上佛教用品，請她開光。

張黑臉覺得這場講座他沒白聽，慧雪師太說給大家的那句話，就是所有的問題，在時間面前都不是問題了，大多人在下面嘀咕沒聽懂，可他聽懂了，慧雪師太幫他解決了困擾他的那個問題，人為啥踩不著自己的影子——那是因為時間也踩不著自己的影子啊！

第十五章

雛鳥們學會覓食了。石秉德將人工孵化的三隻鳥，放歸自然。最歡喜走出研究站的是叫樹森的白尾鷂，牠興高采烈奔向河岸。叫秉德的野鴨，似乎不想離開安樂窩，出了研究站的門，一直回頭張望。而叫鐵牙的大雁，像個夜行警探，躡手躡腳地東走走，西望望，最後鑽進了茂密的灌木叢。

金甕河流域的山林溪谷，是候鳥的大糧倉，小鳥們在覓食中找到快樂，也為此付出代價。比如一隻小野鴨，以為草叢中的花蛇可做美餐，當牠發起進攻時，倒叫花蛇將牠掀翻在地，死死纏住，成為花蛇的美餐。可花蛇沒得意多久，黃鼠狼又把花蛇給吞了。觀察到這一切的石秉德，說大自然每天都上演戰爭大片，驚心動魄。

練習飛行，是小鳥們最重要的人生課程。如果不把這個本領學好，深秋不能與父母結伴而行，飛越萬水千山，牠們面臨的命運就是死亡。所以這時節林中常有撲棱棱的聲音傳來，大鳥搧動翅膀教習，小鳥鼓動雙翼試圖離地，牠們知道大自然的日曆翻得快，得爭分奪秒。

有一天石秉德從林中帶回一隻受傷的雄性成年東方白鸛，牠看來是在飛向一棵老松啄食昆蟲時，被偷獵者沾在樹杈的超強力黏鳥膠所縛住的。牠在努力掙脫的時候，拔出一隻腿來，另一隻卻在掙脫的過程中骨折了，傷腿使牠失去重心，垂吊樹間。石秉德是聽著白鸛的哀鳴，找到那棵樹的。盤桓在受傷的白鸛身旁的，是牠的伴侶，也就是說，石秉德聽到的叫聲，其中也有牠的呼救聲。牠試圖將那棵樹杈折斷，可惜老松樹杈粗硬，牠的嘴巴也不是利斧，石秉德到達時，牠只啄開一個小小豁口，離斷裂還遠著呢。

石秉德給東方白鸛做手術接腿的這天，雲果師父又來了。她一眼認出受傷的白鸛，就是在三聖殿坐窩的。她說難怪早起添燈油時，三聖殿頂只有三隻小白鸛呢。雲果師父的眉毛顯然瞄過，又黑又彎，還擦了玫瑰色口紅。她沒佩戴佛珠，但咖啡色僧衣上，別了一朵碩大的銀粉色水晶蓮花胸針，熠熠閃光。

石秉德給東方白鸛做手術，本來是張黑臉做助手，雲果一來，周鐵牙就把張黑臉給喊出來了，說：「沒見雲果進去了麼，她巴不得做石秉德的助手呢，你咋那麼沒眼力價？」

張黑臉說：「她戴的胸針賊亮賊亮的，比貓頭鷹的眼睛都晃人，俺怕接好了神鳥的腿，再晃瞎牠的眼睛！」

周鐵牙踢了張黑臉一腳，說：「人家戴那個，是晃石秉德的眼睛來的，鳥眼比人眼厲害多了，牠們不怕光，你見過戴墨鏡的鳥嗎？」

張黑臉倔強地說：「咋沒見過，短耳鴞——就是長著黃眼珠的傢伙，就有大大的黑眼圈，那不是自戴墨鏡麼！」

周鐵牙哈哈大笑，慣常罵他一句：「呆子！」

周鐵牙這個夏天過得很愉快。外甥女做了瓦城林業局局長後，他再回城，人們對他的熱情，果然與他料想的一樣，高過以往。他走在街上，認識他的人老遠就親切地打招呼，露出討好的笑。他去餐館，沒有不給他贈菜的店主，贈的也多為店面的招牌菜，醬鴨，滷雞，燒鵝，熏魚，所以他進餐館，象徵性地點倆毛菜，就像撒下魚餌一樣，會輕鬆釣來肥美的大魚。

羅玫批准了營林局報送的兩個大項目，蔣進發有利可圖，對周鐵牙也就更為關照，以種種藉口，再度提高管護經費，周鐵牙活錢多了，肥了自己，自然給張黑臉每月增加了二百元，一百給他本人，一百打入張樹森的帳戶。張闊要是嘗不到甜頭，周鐵牙就會吃苦頭。他相信蔣進發退休後，接任他的局長，對他更會高看一眼。

羅玫上任後，很快協調了通訊和電力部門，再過一年，金甕河候鳥管護站和娘娘廟，將與瓦城一樣，可以接打電話，享受光明。人們都誇羅玫能幹，前任局長難啃的硬骨頭，她一出手就輕鬆解決了。周鐵牙穿得比以往講究，腰桿也比以往更直，指間夾的香菸，自然上了一個檔次。他進城的次數也多了，反正石秉德和張黑臉常在，沒什麼可擔憂的。

石秉德給東方白鸛做完手術的那個傍晚，發電機壞了，雲果說不能借亮兒讀經書，該回娘娘廟了。話雖如此說，可腳卻不動，周鐵牙見狀，說沒電正好嘮嗑。

雲果莞爾一笑，愉悅地坐在三個男人中間，講廟裡的事情。她說馬上就是中元節了，邱德明書記的老婆來娘娘廟布施，說邱書記夜裡老夢見死去的父親，邱老不是在泥潭裡呼救，就是在火海裡奔逃。他穿得破衣爛衫，餓得面黃肌瘦，訴說他沒屋住，沒飯吃，沒柴燒，沒人做伴，看來走得不好。邱書記的老婆想讓慧雪師太在鬼節的這天，在娘娘廟給邱老做個專場超度法會，讓他的靈魂得到超生。可慧雪師太說盂蘭盆節的法會，面向的是所有信眾，她不能給邱老做專場法會，不能在這個事情上有分別心。邱德明的老婆嘴上說理解，可走時臉色很難看，還瞪了慧雪師太一眼。

雲果說最近德秀師父也不得清靜，今年娘娘廟香火旺了，結果將她離異的前夫招來了。他朝德秀師父要錢，說是廟裡的功德箱，就是印鈔機，每日都進錢，廟裡啥也不缺，應該隔三差五給他三、五百的，就算是救濟窮人，積攢功德了。德秀師父說每個功德箱都有三把銅鎖，一個人開啟不了，每次都是三人同時拿鑰匙，才能清點善款，登記在冊，統一管理。就是鑰匙全歸她管的話，她也不能拿一分給他，家有家規，廟有廟法，信眾供奉，豈容私拿。這男人質問這些錢都幹啥了，是不是都被你們揣進個人腰包了？德秀師父說這些錢自然都用在了該用的地方，日常開支，寺廟修葺，印發經書以及慈善救助等。德秀師父的前夫聽她這麼說，說他就在救助之列。他與德秀師父離異再婚後，老婆得了子宮癌，為了治病，他們將家裡的房子賣了，一次次化療，就是一次次燒錢，最後人沒留住，還欠了一屁股饑荒。死了老婆的他，將悲慘命運歸咎於他沾過德秀師父的身，所以被惡魔糾纏了，找她要錢，相當於精神賠償。他威脅她如果不給他錢，就將她身體的祕密張揚出去。周鐵牙眼睛亮了，一再追問德秀師父的身體有啥祕密，雲果說：「那男人沒說，就是說的話，阿彌陀佛，我們出家人也不能說哩。」

說完慧雪師太和德秀師父，周鐵牙慫恿雲果講講自己，她為何遁入青燈古剎？雲果皺著眉頭說：「出家得有機緣，機緣成熟了，如同果子熟透了要落地，誰也擋不住的。」

周鐵牙聽她如此說，知道問不出究竟，也就作罷。這樣他們又閒扯了一些別的，金甕河兩岸出沒的動物，藍色系的野花有多少種，夏天的雷甚至冬天的雪，不知不覺夜已深了。誰也沒注意到張黑臉何時離開的，因為他坐在哪裡，都是傾聽者，極少插言，在與不在，沒誰上心。只是雲果起身告辭時，周鐵牙想讓張黑臉送她，才發覺他不在的。他們出了屋子喊他，他卻在橋上應聲了。問他去哪兒了？張黑臉一路小跑過來，通身的汗腥氣，說剛打娘娘廟回來。問他做啥去了？他說去告訴德秀師父，她前夫再來廟裡刁難她，就來找他，他不能讓這個可憐的女人受欺負。周鐵牙問他累不累，還能再去一趟娘娘廟嗎？未等張黑臉作答，雲果說：「哪能讓張師傅再跑一趟呢，他的腳也不是神仙的腳，連著跑兩趟受不了的。」張黑臉若不去，那只有石秉德去了。可石秉德聲稱剛給東方白鸛做完手術，得隨時觀察，不能離開，說完趕緊去研究站了。周鐵牙為難著，張黑臉說：「我還想著再跑一趟呢，剛才忘了囑咐德秀師父，晚上關廟門時，用手電筒挨個殿堂照照，那男人可別躲在哪個旮旯，夜裡再把功德箱撬了！」周鐵牙如釋重負，說他應該再去提醒一下，那就麻煩張師傅送雲果師父了。

月亮白晃晃的，雲果噘嘴的模樣，周鐵牙看得清楚。他認定雲果不是個修習好的尼姑，看來瓦城人關於她的傳說，並非虛言。周鐵牙待雲果走遠了，嘆息了一聲，說：「凡心難泯，不如還俗了」。

盂蘭盆節的這天，周鐵牙和石秉德一大早就進城了。他們既有公事要辦，也有私事。周鐵牙的公事是去糧庫結算上個月所購的玉米款項，私事是給父母上墳；石秉德的公事是去公安局，請他們更嚴厲地打擊偷獵者，不能再發生類似東方白鸛被弄傷的事件了，私事是他讀博士生的導師去世了，分散在各地的同學們，相約著陰曆七月十五的這天，在網上為導師做個祭奠活動。

他們走前對張黑臉各有交代，周鐵牙說娘娘廟今兒會熱鬧些，若有遊客過來，別讓他們進屋，遊客雜，不見得來的都是好人，萬一拿走點什麼東西，那就是損失了，如果有討水喝的，只管舀些水出來，給他們喝。石秉德囑咐的事，是康復期的東方白鸛，別忘了午間給牠餵點雜魚和玉米，清水也是不能斷的。還有，牠的伴侶來找牠時，不能將其放出，不能讓牠們現在相見，石秉德說萬一雌鸛嫌棄牠的傷腿，這隻白鸛就很難回歸家庭，成為孤鳥了。

張黑臉一一答應著，他們駕車離開後，他先燒了一壺開水，放在院子晾著，預備客人來喝。然後將管護站的門鎖上，去研究站看受傷的白鸛。牠見張黑臉進來，一瘸一拐地縮到牆角的乾草上。張黑臉試圖靠近牠，可他每向前走一步，白鸛都發出警覺的叫聲，徐徐張開翅膀，向他豎起盾牌似的，張黑臉只好站定了，對牠說：「恩人哪，快些好吧。今兒都七月十五了，再過一個來月，天就涼了，你該帶一家人往南挪窩了。你受傷的這些日子，你老婆來看過你好幾回呢。她在門外召喚你，你聽見了吧？她這陣子沒來，是帶你們的孩子練飛呢，我見了那仨小傢伙，翅膀都硬了，能飛挺高的了。」白鸛似是聽懂了，半張的翅膀放下了，溫和地看了一眼張黑臉，垂頭啄了一下乾草。張黑臉將牠飲水的瓦罐添了水，撒了幾把玉米，說昨天逮的雜魚不新鮮了，他去捉點螞蟻給牠改善伙食。螞蟻強身壯骨，他堅信牠吃了螞蟻很快會複飛。

張黑臉將研究站的門也鎖上，拿著事先揣在兜裡的水杯去捉螞蟻，這只水杯透明的，帶蓋，可以觀察捉了多少螞蟻，還能預防牠們逃掉。他記得金甕河西側緩坡上有兩個樹墩，一個松樹墩，一個樺樹墩，都朽爛了，每年秋天，松樹墩旁長出淺褐色的榛蘑，而樺樹墩旁叢生的則是嫩黃的樺樹蘑，這是大自然對他們的美好饋贈，每年秋天，他都要採摘榛蘑和樺樹蘑嘗鮮。螞蟻喜歡在朽爛的樹墩裡坐窩，所以一逮就是一窩，尤其是暴雨將至時，牠們成堆聚集，極易捕捉。此時天氣晴朗，不過張黑臉有捉牠們的技巧。他先找到樺樹墩，折了一根莖粗的蒿子，然後用兜裡隨時揣著的尖利的石片，去樺樹上剝了一塊樹皮，將樹皮裡側黏稠清甜的樺樹汁液，均勻地塗抹在蒿杆上，往樹墩深處的螞蟻窩一插，兩三分鐘，將蒿杆提起，你看吧，蒿杆上密密麻麻地附著漆黑油亮的螞蟻，只需對著杯口，往裡面一擼，蒿杆上的螞蟻，就撲簌簌地落進杯子裡了。張黑臉用蒿杆探寶似的插了十幾次，螞蟻滿杯了。他帶著螞蟻回返時，滿心歡喜，很想唱歌。但他不會唱歌，就哼哼唷唷地叫，不知道的人聽見，會以為他受傷了。

給白鸛餵過螞蟻，張黑臉又劈了一堆柴火，掃了院子，洗了衣服，看著太陽快到中天了，便打開門，去灶前引火，打算下碗掛麵吃。剛將火點起來，院子傳來「噗通——噗通——」的腳步聲，這麼重的腳步聲，多半來自男人，可他回身一望，卻是德秀師父。是節日的緣故吧，她穿的僧衣不是平素穿的灰藍和赭色的，而是明黃色的，好像她駕著火輪。她額上熱汗涔涔，鞋上落著泥點，看來一路走得急。她見著張黑臉，就像滿腹委屈的人見著了久別的親人，抽噎起來，訴說盂蘭盆節大法會上，信眾聚集，她前夫又來鬧了。他這回不朝德秀師父要功德箱裡的錢，而是穿一身灰色破衣，胸前挎個綠帆布挎包，乞丐似的，見人就磕頭，說他賣了房給老婆治病，如今老婆和錢都沒影了，他沒房住，沒飯吃，沒過冬的棉衣，他都想把自己放進當鋪當了，可是他這樣的當物，實在太賤，也沒人要。他實在過不下去了，求大家幫他渡過難關，不然他就吊死在娘娘廟。來廟裡的人，凡認識他的，知他沒打逛語，就給他個三十五十的；不認識他的——南方來的候鳥人，那些有錢的主兒，一出手就給他一百二百的，一個上午下來，他的挎包鼓鼓囊囊的，少說也有兩三千。本來莊嚴的法會，被他給攪了，慧雪師太成了配角，他倒成了主角。

德秀師父越說越傷心，她抹著眼淚，抽著鼻子，說原以為出了家，人間的煩惱都沒了，誰想廟裡不是天上，也是人間，俗事不斷，難得清淨。早知如此，還不如不落髮了。

張黑臉聽德秀師父這麼說，非常生那男人的氣，他舀了一瓢水把火澆滅，要鎖上門去廟裡收拾他。

德秀師父說：「法會散了，他得了錢，回城了。他這麼鬧，我以後在廟裡還咋呆呀？但凡廟裡的大日子，他不得次次來，次次這麼朝人要錢呀。張師傅你說我咋就這麼倒楣呢，廟裡廟外都不得清靜！要不是進了佛門，我真不如找棵樹，吊死算了！」

張黑臉叫了聲「阿彌陀佛——」，說你是出家人，可不能這麼說話。以後廟裡再有活動，我去給你把守著，我見了他，先跟他講講道理，一個男人不缺胳膊不少腿的，不憑力氣賺錢，作踐自己，不是讓人瞧不起嗎？他要是不聽，俺就動武的，打出他的屎尿，看他還敢招惹你嗎？

德秀師父淚光點點地看著張黑臉，說：「他不來鬧騰，我還能在廟裡繼續吃口齋飯，不然他跟人說出俺身體的祕密，我還咋活呀。」

張黑臉愣頭愣腦地問：「啥祕密？」

德秀師父嘆了口氣，擦乾眼淚，問周鐵牙和石秉德哪兒去了？張黑臉說他們進城了。德秀師父輕輕「唔——」了一聲，籲一口氣，把灶膛的濕柴撤出，續上乾柴，生起火來，給他下麵條。

柴火燃燒起來，火苗像風中的野百合，搖曳生姿，發出鼓掌似的聲響。德秀師父往鍋裡倒了豆油，燒開了，用洋蔥丁爆鍋，然後一瓢涼水澆上去，鐵鍋發出歡呼聲，這時鍋裡的湯就是夜空，而漂浮的油珠是星星，一派繁華景象了。如此聲色，將德秀師父映襯得楚楚動人，她就像一杆勃勃燃燒的蠟燭，通體光明，熱力撩人。張黑臉很想抱抱她，但一想她來自娘娘廟，不能碰，便回身吐了口痰，為自己的邪念呸了一口。可當他目光再回到德秀師父身上時，她腰胯的每一次扭動，她屁股撅起時蕩平了僧袍褶痕的景象，都令他熱血沸騰。他終於忍耐不住，叫了聲「老天爺，俺要對不住了——」，從背後一把將她抱住。德秀師父顫慄了一下，沒有回頭，用胳膊肘搥他。開始搥得重，張黑臉忍著，一聲不吭，等著她把力氣用完。德秀師父耗盡力氣，胳膊肘酸軟，搥不動他了，人也就漸漸軟下來，張黑臉就勢摟緊她，把她抱到裡屋炕上，做了他們都久違的事情。在那個過程中，恐懼、羞恥加上快樂，他們不住的顫抖。

他們沒插門，也沒拉窗簾，陽光透過窗戶，照著激情過後的不著一物的他們，就像照著兩棵剛伐倒的紅松，異常寧靜，異常淒美。德秀師父側身躺在炕頭，張黑臉側身躺她身後，他從她頭部開始，如觸摸自己久別的家門，無比依戀、無比溫柔的，讓手指自上而下輕輕滑過。當他撫摸到臀部時，感覺她左側臀尖，坑坑窪窪的，仔細一瞧，那兒竟烙印一個字，似乎是「錢」，他剛要問這是咋回事？德秀師父從他手指的停留處，料他摸到了那個字，說這就是她前夫威脅她的身體的祕密。原來她親娘是個水性楊花的人，好逸惡勞，父親在家總是受窩囊氣。她六歲的那年夏天，在磨房撞見母親和鄰村的一個木匠偷情。這個木匠，膝下有五個男孩，就缺女娃，想把她要走。所以被她撞見了也不害怕，說是緣分，把她抱到膝上，從兜裡掏出糖果給她吃。她饞糖果，很不爭氣地吃了。木匠走後，母親大為光火，稱女娃竟敢坐在陌生男人的腿上，一點規矩都不懂，天生的賤人！為了教訓她，她把她綁了，用燒紅的織衣針，一針一針在她屁股上燙了個「賤」字。德秀師父說自己命不好，與身上烙印這個字有關吧。

張黑臉氣憤地說：「真是親娘幹的事？」

德秀師父說：「是哩，她可能想烙瞎我的眼睛，不敢，就烙我的屁股。女孩子的屁股又不給人看，俺爹都不知道。所以我娘死時，我一聲沒哭。」

張黑臉撫摸著這個字，喃喃道：「俺還以為是『錢』字呢！」

德秀師父本來很傷心，但張黑臉的話，讓她忍不住發出淒涼的笑聲。她說這也不怪他，「錢」和「賤」，長得真挺像。

張黑臉說：「那我就幫你把這字改成『錢』不就結了？」

德秀師父說，這又不是寫在黑板上的字，可以擦掉重寫。想擦掉這個字，她還得受二茬罪。說完轉過身來，定睛看著張黑臉，哆嗦了一下，說自己這下完了，犯了出家人的大忌，慧雪師太要是知道她這樣了，非得把她逐出廟門不可。他們這麼做，是要遭報應的。

張黑臉結結巴巴地問，能是啥報應？

「興許讓雷劈，讓狼吃，讓虎咬，興許讓毒蛇纏腰，讓冰雹砸臉，總歸不會有好果子的。」德秀師父說。

張黑臉說；「我餓了，吃飽了再看這些東西來不來整治我們。」

張黑臉穿衣起來，先去茅房方便。德秀師父隨之起來，她在穿僧袍的時候，有被火烤的感覺。她去灶房將快燒乾的鍋，重新添了水，續了柴，下了麵條，張黑臉吃了兩大海碗，她吃了一小碗，之後他們出了屋子，呆呆地坐在門口望天。

先前還晴朗的天空，濃雲滾滾。當陰雲越聚越多的時候，雷聲響起。他們以為上天要審判他們了，拉緊了手。他們的臉在閃電中失去血色，滿眼是末日降臨的驚恐神色。

第十六章

張黑臉自從與德秀師父睡過，一到雷雨天，他就穿戴整齊地坐到院子，等待雷劈。他去餵候鳥時，遇見草叢的毒蛇，也不躲閃，以為牠會纏他的腰。夜裡聽見野獸的叫聲，他也以為做牠們美餐的時刻到了，起身到院子，袒胸露臂，只穿短褲，想著無論是狼還是老虎吃他，比較順嘴，不用扯爛衣裳，還能省下衣物，給活著的窮人穿。可是雷電擊穿的是烏雲，毒蛇對林蛙更感興趣，狼似乎也有牠的夜宵，嚎叫幾聲後，留給金甕河的，仍是恬靜的夜晚。

與他同樣有死亡危機感的，是德秀師父。她瘦了一大圈，胸和臀部小了，顴骨和胯骨卻因凸出，而顯得大了。以前上身後顯得緊促的衣服，現在得以施展，穿著都顯晃蕩了。她每天醒來發現自己還活著，會深呼吸一口，覺得菩薩這是饒過了她一夜。她將用過的被褥使勁在陽光下抖摟，她覺得不潔的她，讓它們沾染了灰塵。她進每一重殿，都拎著一條半濕的毛巾，將跨過的門檻仔細擦過，生怕戴罪之身，骯髒了門檻。她做早課，打坐，比以前時間長，也更虔誠。而她做齋飯，侍弄菜圃，打掃殿堂，也比以往更賣力。她說話的聲音越來越小，齋飯吃得越來越少，總之，她覺得自己犯了出家人的大戒，不配大聲說話，不配消耗糧食，不配禮佛，甚至不配活著。

佛殿與民宅一樣，也鬧老鼠。為避免殺生，娘娘廟一直不用毒鼠強和鼠夾子。這裡香火不旺時，老鼠也算消停，不過在灶房鬼鬼祟祟地出入，像不走空的賊，順著什麼就吃點什麼。廟裡遊人激增後，佛龕前的貢品多了。除了鮮花水果，信眾還喜歡給列位菩薩帶來各式素點，核桃酥，江米條，長白糕，綠豆糕，油炸饊子，杏仁棗糕，真是應有盡有。老鼠聞之，手舞足蹈，蹬上佛龕吃倒也罷了，有時牠們還蹬翻佛燈，遺下黑心的屎，真是無法無天了。

慧雪師太頭疼這些老鼠，想著解決牠們的良策，就是儘早將佛龕前的貢品吃掉。娘娘廟只有三張嘴，吃不了這些，她就打發雲果師父分送給管護站的人吃。

挨著管護站的研究站最近換人了，接替者名字叫曹浪，與石秉德年齡相仿，他又矮又瘦，小眼睛，塌鼻子，泛紫的嘴唇很薄，招風耳，剃個光頭，一副小鬼的模樣。他愛發牢騷，總是氣不順的樣子，很不討人喜歡。

雲果在石秉德走後去過一次，發現研究站來了新主人，獐頭鼠目的，分外失落，本來手持一卷《大乘無量壽經》，打算借光來讀，但最後不等發電，就說想起今晚是清點功德箱的日子，早早回了。打那以後，不再過來。所以慧雪師太讓她送素點，她說最近身上總沒勁，再說腳掌長了雞眼，走不了遠路。雲果倒也沒說假話，她最近面頰青黃，吃東西時老是失神，目光不動，筷子在碗裡不停地扒拉，卻不夾食物吃。她提著油壺添燈油時，還打呵欠。她的脖頸和手腕，也沒那麼斑爛多姿的佛珠了，就是脖頸上纏繞著一串星月菩提。她也瘦了，不過不像德秀師父瘦的那麼明顯。

慧雪師太只好讓德秀師父去送了。

聽說派自己去管護站，正在齋堂摘豆角的她，身子晃悠了一下，坐定後驚愕地仰起頭，她瘦的脖子也顯長了，她說：「要是雲果妹妹去不了的話，俺跑一趟也沒啥。只是俺拎著點心一路走，老鼠還不得送葬似的跟著哭一路？」

慧雪師太覺得最近廟裡的兩位師父都不太正常，尤其是德秀師父，像張黑臉一樣，常說一些糊裡糊塗的話。望見天上的黑雲，她說那是雷母下的蛋；看見三聖殿上佇立的東方白鸛，她說也許牠翅膀下藏著刀；聽見林中異常響動，她遠遠跪下磕頭，說是接她的來了。她們一起清點功德箱的善款時，她看著花綠綠的鈔票，總說這是落葉。

遊人黃昏時漸漸散了，娘娘廟歸於岑寂。德秀師父關了山門，打掃了各殿堂，喝了半碗粥，提著素點去管護站。她習慣性地抬頭望了一眼對岸的炊煙，發現它很濃烈，看來晚炊正在高潮。她想磨蹭著走，這樣到了那兒，他們吃完了，就不聞桌上的葷腥了。自從踏進廟門，葷腥在她意識裡，是死亡的皮鞭。

德秀師父沒提禪杖，她覺得戴罪之身，無需保護了。為了消磨時間，邊走邊下到溝塘去看花草。茂草中的野花靜悄悄地開，那紅的紫的粉的白的花兒，有的朵大有的朵小，有的簇生有的單生，不管姿態顏色如何，它們看上去都沒心事，恣意開放，不像她滿心陰雲，總遭霜打。她想自己哪天死了，變成一朵花也好。與她一樣貪戀花兒的，是翻飛的蝴蝶。牠們的羽翼就像姑娘穿的花裙，藍紫紅黃綠白皆有，牠們參加舞會似的，與金蓮花輕舞一曲後，又飛入千屈菜的懷抱，在千屈菜的懷抱沒有多久，又飛到五瓣的老鸛草身上，用裙邊掃它的臉。德秀師父以往只注意到蝴蝶的美麗和自由，沒想到牠還這麼風騷！牠這摟摟，那親親，不犯戒嗎？最後她想明白了，蝴蝶犯戒和不犯戒，終不能獲得長生。到了深秋，牠們的花裙子就七零八落了，不能再飛，在林地像毛毛蟲一樣蠕動，瑟瑟發抖，等待死亡。如此說來，牠們風華正茂時盡情歡娛，等於積攢死亡的勇氣，有啥不可饒恕的呢？就是她自己，當她痛悔與張黑臉做下那樣的事情時，更深人靜，她也會不由自主想起那天的情景，想起他健壯的軀體散發著的野馬似的氣息。

德秀師父這樣想著，心裡似乎敞亮一些，當她發現一片馬蓮草托著一顆圓潤的水珠時，吃驚極了！她確信這是一顆甘露，因為夕陽還在，晚露未生成呢。她聽一個進香的居士說，昆蟲汲取各種植物汁液，經由它們釀造，將精華的部分吐露出去，就是甘露。

德秀師父覺得這是上天賜予她解脫痛苦的甘露，於是俯下身子，想啜飲了它。它被夕照映照得晶瑩剔透，散發著琥珀的光澤。她伸出舌頭，可是舌尖剛觸著它，它竟像長了腳似的，沿著葉脈一路下滑，直墜草叢。它的墜落在德秀師父心裡，比落日的墜落還要觸目，她真切地聽到了「嘭——」的回聲，她想菩薩這是不想饒恕她了，她起身的時候淚漣漣的，又是滿心迷茫了。

德秀師父呆呆地坐在草叢中，直至日落，各色花草失了顏色，這才起身。她走過月牙橋時，深深嘆息了一聲。

半輪月亮升起來了，德秀師父熟悉的木房子裡，坐著的是張黑臉和曹浪，周鐵牙又進城了。

德秀師父和張黑臉對望的一瞬，先是各自打了個激靈，慨嘆都還活著，沒遭報應，接著他們在心底向對方發出心疼的呼喊——咋瘦成這樣啦？

曹浪初次見德秀師父，他見一個穿僧衣的女人進了門，就知她來自娘娘廟。他不像石秉德，因東方白鸛在娘娘廟安家，三番五次察看，得以認識廟裡的師父們。曹浪討厭他目下的研究，所以石秉德走後，他對金甕河流域候鳥種群的生存狀況，並不關心。就是那隻受傷的白鸛，也被他放出研究站，說白鸛不恢復自主覓食能力，不經歷風雨，冬天到來之前，牠就沒法跟著候鳥群遷徙。按他的說法，總把牠關在研究站，即便傷癒，翅膀也軟了，很難與藍天為伍了。這隻白鸛，因腿傷難以飛起，就在研究站對面的河谷棲息，張黑臉每日給牠投食，而牠的伴侶，也時常帶著孩子們來看牠。

周鐵牙認為，這個不喜歡野外生活的曹浪，其實比石秉德更懂得候鳥。

有一天曹浪酒後吐真言，說石秉德家世好，有資源，貪戀名聲，是個好大喜功的傢伙。建立金甕河候鳥研究站，是為他的履歷表增加輝煌的一筆。他打個前站，以後陸續派來的，是他的研究團隊的成員。他們在下面實踐所得，要定期彙報給他，研究成果雖說歸屬團隊，但其實主要是他。一場戰爭勝利了，人們記住的都是司令官，誰會記住衝鋒陷陣的卒子呢！曹浪負氣地說他混兩個月，如果秋天無人接替，他就回返。所以他回瓦城，總要或郵件或短信給石秉德，問他是不是該回去了？說人間天堂得大家輪著來啊。曹浪也因此咒罵瓦城當官的都是飯桶，建立候鳥管護站，電力和通訊卻沒跟上，在當代社會，這不是把自己逐出地球的自殺行為嗎？他愛進城，發個郵件，看個小病，甚至洗個澡，剃個頭，都是他進城的理由。他還嫌相鄰的是姑子廟，不敢招惹尼姑，不然找她們打個牌，逗個趣，也能打發寂寞啊。雲果師父不待見他，他真切感受得到，她看他時一副無良的有錢人對待乞丐的表情，仰著脖子，斜著眼睛，撇著嘴，滿面嫌惡，好像他是一坨狗屎。而他看她，除了那一件僧衣和光頭，顯示著她的身分外，她與都市那些圖慕虛榮的女孩，沒啥氣質的分別。也就是說，他望見的不是清水。所以曹浪對雲果，也顯示出鄙夷，拿眼瞟她，拿嘴撇她。

而娘娘廟這次來的師父，卻與雲果不一樣，她粗手大腳的，面貌忠厚，說話與張黑臉有點像，不著邊際，惹人發笑。她進屋坐下，放下吃食後，就嘀咕說為啥月亮總是虧，一個月圓不了幾天，而太陽卻從來不虧，總是圓的，誰見過半個太陽呢——除非那是被陰雲遮住了或是天狗吃太陽了。張黑臉回答她說：「太陽是男的，精氣旺，月亮是女的，每月不得流幾天經血麼，能不虧嗎？」這話讓曹浪笑彎了腰，心想自己這是與兩個天外來客遭逢了。

曹浪沏茶，吃起素點，讚歎娘娘廟的吃食好。德秀師父喝了半杯茶，意識恢復了正常。她問曹浪，娘娘廟三聖殿上的候鳥，秋後會遷哪兒過冬？曹浪說牠們也許去了鄱陽湖，也許去了香港，也許去了印度，或是日本有溫泉的地方，總之哪兒適合牠們，牠們就去哪兒。反正天上沒有海關，牠們哪裡都能去的。德秀師父羨慕地說了句「真是仙人啊——」，之後對張黑臉說，月亮想是西去了，她也該回廟了。張黑臉埋怨她忘了帶禪杖，一個人走不安全，要送她回去，德秀師父溫順地點了點頭。

他們走到月牙橋時，張黑臉悄悄對她說，他死不了了，因為叫樹森的白尾鶲死了，他眼見著老鷹把牠吃了。看來那隻白尾鶲，知道菩薩要懲治他，代他死了。他建議德秀師父也認一隻鳥叫德秀，這樣她的命就保下了。他列舉了可做猛禽食物的小鳥，雨燕，紅點頦，蘇雀，啄木鳥等，讓她選擇一種，他去林中找尋，尋到了就命名。

德秀師父並不知道有一隻白尾鶲叫樹森，而這確實是張黑臉的原名。可她不想認領一隻鳥來為自己抵命，那不是殺生麼。張黑臉聽她反對，不再強求，只是對她說，如果覺得自己要死了，就往他這兒跑。如果她身上附著雷，可以把雷導給他；如果她身上纏著毒蛇，他可以捏住毒蛇的咽喉，他願意為她去死。

德秀師父被感動了，她扯著張黑臉的衣襟，問懲罰究竟啥時降臨？張黑臉說興許他們犯的罪不夠重，要不就再犯一次？說著，把德秀師父扯著自己衣襟的那隻手，緊緊抓住。她的手先是激烈地想抽回，一次次地拔，試圖沖出圍場，待她拗不過他的力氣，抵禦不了他的大手那如電似火的熱流後，這隻手就鬆懈下來，乖順下來，成了他荒寒手掌的一把溫暖的柴草。張黑臉穩穩地抱起她，下了橋，就在橋下濕地裡，他們瘋狂地成了再犯。他們緊緊纏繞，製造出清泉流過的淙淙流水聲，驚擾了附近的蟲鳥，發出嘰嘰咕咕的嘀咕聲。德秀師父望著半輪西去的月亮，輕語呢喃，彷彿應和著蟲鳥的鳴叫。他們身下的蒲草、狹葉慈姑和澤苔草，無論葉莖柔韌的還是脆弱的，無論條狀的還是心形的，被他們的身體碾壓得大多折腰和心碎，不過它們覺得值，它們感受了從未沾染的雨露，它來自人身，比大自然的雨露要腥鹹——別是一番滋味。

第十七章

初秋時節，瓦城出了件大事，四個傳播候鳥神話的人，在如意蒸餃店吃飯時，被警察帶走了。

四人中三男一女。兩男一女是本地人，修鞋的和開計程車的是男人，女人是開音像店的。而另一位外地人，就是住在張闊家的畫家，他是被計程車司機載來的。計程車司機常修鞋和租碟片，所以與另兩位熟，而畫家最近常約他的車，也混熟了，剛好在午飯當口，畫家問瓦城有啥特色小吃，計程車司機說如意蒸餃店的驢肉蒸餃美味，於是他們就來了。四個人腳前腳後進了這家店，彼此相識，湊到一桌，每人點一種餡的蒸餃，叫了一瓶高粱燒酒，以及花生米和牛百葉等下酒小菜，快意吃喝。

候鳥的神話，是計程車司機引的話頭，他說這次回歸的候鳥，翅膀攜著雷電，劈向的都是人間惡魔。修鞋的說牠帶雷電沒趣，要是攜帶金幣，他就每天拿著錢匣子去接。他們在議論中，自然說到了邱老，聽說邱德明自打父親死了，情緒消沉，夜裡睡不好覺，中醫院的老中醫每晚上他家給他針灸，也不見效，所以電視新聞中的他，變了個模樣，又黃又瘦，難民似的。他們猜測邱老其實死於禽流感，只不過對外不敢公開而已。他們毫不忌諱地談論著，全然不顧鄰座的食客中，瓦城政法委副書記在座，他一直想在仕途上更進一步。如今邱德明當了書記，分管幹部，他覺得捍衛了邱書記的尊嚴，他會感動，自己升遷的步伐將加快，於是一個電話打給公安局分管治安的副局長，一個小時後，當四人AA制結完賬，酒足飯飽出門的一瞬，公安局治安科的警察，將他們帶上警車。說他們聚眾擾亂公共場所秩序，故意傳播虛假恐怖資訊，觸犯了刑法。

在餐館聚餐，說說候鳥的神話，議論下邱書記和死去的邱老，就被抓去，這消息從如意蒸餃店飛速傳開。與這四人相關的親屬，很快得知，紛紛奔向公安局要人。修鞋的老婆撫掌大哭，說他們家上有老下有小，就靠丈夫修鞋維生，要是男人做了監牢，她又不會修鞋，一家人沒吃的，她就去公安局上吊；開音像店的女人的丈夫更不是好惹的，他是建築包工頭，五大三粗的，無日不酒，他醉醺醺地提著一截鋼筋過來，說誰敢動他女人一根毫毛，就戳碎他的卵子。開計程車的老婆是個護士，比較文靜，但她哥哥，也就是計程車司機的大舅哥，是屠宰場的老闆，手下幹活的，多是出獄的兄弟，他帶來的三個人，殺氣騰騰；而那位畫家，為他喊冤的是公安局幹警都很頭疼的張闊，她說作為畫家的房東，房客有難，她得相助。他說畫家被押一日，她那裡就少收入一日房租，公安局理應賠償她。

這群與被抓者相關的人，聚集在公安局門崗外的福照大街，這條街本來人就多，加之是下午上班高峰期，吸引了大批看客，福照大街交通堵塞。突發的公眾聚集性事件，很快彙報到邱書記那裡。當分管公安工作的政法委副書記，用討好的語氣細述原委，說這是捍衛他的尊嚴，以後絕不允許瓦城有詆毀邱書記的人存在，邱德明聽後震怒，勒令他們無條件地立刻放人，邱德明還立即召開維穩緊急工作會議，點名批評涉事的兩位領導。但邱書記也表示，人們過度演繹候鳥的神話，對經濟發展和人民的團結不利，宣傳部門在此時應發揮應盡的責任，多做些引導工作。

雖然被帶去的人很快都放了，但恐懼感蔓延，人們在公共場所，不敢演繹候鳥的神話，更不要說議論瓦城的頭頭腦腦了。

最倒楣的是如意蒸餃店，它的生意一落千丈。人們說店主巴結官員，在每台餐桌下安裝了竊聽器，所以食客才倒楣，他們根本不信是政法委副書記出賣的他們。如意蒸餃店的老闆娘萬分冤屈，乾脆錄了一段告白，用喇叭廣播出去，在店門口循環播放：「顧客是偉大的上帝，如意蒸餃店就是您忠實的僕人，要是保護不了顧客的安全，如意蒸餃店的人都是狗娘養的！不管你來自哪裡，只要帶著一張嘴來到我們小店，就是摯愛親人啊。這裡的蒸餃暖人腸胃，讓男人有力氣，讓女人更溫柔，給你的生活增添幸福指數，來吧朋友！」

但不管這聲音怎樣迴蕩在平安大街，人們對它還是望而卻步。實在忘懷不了這美味的，買了蒸餃打包回家吃。敢在店裡坐下的人，都像吃喪飯似的，陰沉著臉，一聲不吭。店主氣不過了，鬧到公安局，說他們的莽撞行為，讓自己蒙受不白之冤，讓小店營業額銳減，他們應該恢復她的名譽，賠償經濟損失。

跟如意蒸餃店店主一樣備受煎熬的，還有老葛。他沒料到女兒竟無意走父親為她設置的道路，不願離開私人幼稚園，說掙得多，自由，和孩子在一起又很快樂，老葛覺得蹊蹺，側面一了解，女兒竟跟幼稚園一個小朋友的父親好上了，這男人在地稅局工作，三年前妻子病故，比老葛女兒大十八歲。老葛很少和妻子立場一致，但在女兒的戀愛上，同聲反對。他們說一個黃花閨女，憑啥給人當後媽？

老葛覺得女兒的事辦不成的話，自己不能虧著，要不白在周鐵牙身上浪費精力和金錢了。他要提幹，說羅玫局長給他提個副科級，哪怕是個副科級員，他的協警身分都會改變，工資會漲很多，養老就有保障了。周鐵牙也不客氣，說你對單位有啥貢獻，咋提幹呀？老葛說只要官場有人，傻子都能當領導，他舉了兩個周鐵牙也知道的實例，誰誰家的孩子高中都沒畢業，呆頭呆腦的，就因叔叔是領導，很快從一家企業單位的辦事員，被提拔到事業單位當副科級領導；誰誰又給邱德明送了二十萬，不出仨月，這人從農委的副主任，提拔到組織部當常務副部長。見周鐵牙不語，老葛又把那段錄影翻出給他看，說自己最近苦悶得很，睡眠很差，記性不好，手機丟了兩回了，好在都找回來了，萬一哪次再丟，落到壞人手裡，他周鐵牙可就遭殃了。

周鐵牙恨得牙根癢癢，罵他「還有比你更壞的人嗎——」，他威脅老葛，若把他逼急了，他就找黑道的人，讓他出個交通意外，或是在他所購的食品中埋藏點毒藥，要他小命，不是難事。老葛聞聽此言，有如五雷轟頂，臉色大變，張著大嘴，半晌說不出話來。因為他相信，周鐵牙什麼橫事，都幹得出來。

老葛自此寢食難安，走路溜著邊，過十字路口，哪怕是綠燈，也左顧右盼的，唯恐哪輛車是被周鐵牙買通的，撞他個魂飛魄散。他去副食店買醬牛肉或是蒜香豬手，本來已買到手了，可是一想店主人與周鐵牙私交甚好，就疑心被下毒了。食品售出不能退掉，他出了門就把它們丟給遊蕩的狗了。狗等於過了大年，歡天喜地吃掉。老葛觀察狗會不會突然痙攣，口吐白沫，可是沒有，他往家走時，狗還心存幻想地跟著他，一直搖著尾巴把他送進家門，讓他無比沮喪。

張黑臉與德秀師父二度交歡，帶給兩個人的煎熬是相似的。他們一方面戰戰兢兢地等待神靈的審判，同時又無比渴望第三次的歡聚。張黑臉每天給恢復期的東方白鸛投食時，總要朝拜一下金甕河畔被他們碾壓過的那片濕地，那片草笑過了頭似的，還沒直起腰來。張黑臉想到了年底，他們都還活著的話，就勸德秀師父還俗，他會娶她。他也因此在回城剃頭吃餃子時，給女兒下了通牒，年底前把房子騰出來，摘掉家庭旅館的牌子，他們必須搬回自己那住。張闊翻著白眼問這是為啥？張黑臉說，張樹森要把這兒做洞房了。張闊想起銀行卡持卡人的名字，心裡哆嗦著，顫聲問：「張樹森是誰呀？」張黑臉滿腹委屈地說：「你連老爹都不認了嗎！」

直到此時，張闊才發現，自己竟和她鄙視的周鐵牙一樣，愛的是一個呆傻的老爹。當老爹的意識覺醒，她卻如入暴風雪，這令她痛苦。老爹回到管護站後，她連喝三頓大酒，在酩酊大醉的時刻，做了種種思考，最後以她樸素的人生哲學，覺得人終歸一死，窮過富過都是過，有一個可以對她發號施令的老爹，也是福氣。所以她在心底接受了父親的建議，打算年底前將他居住的這座院落復原，她也跟丈夫說，要盡快讓他們樓房的租戶搬走，老爹要當新郎了。張闊的丈夫罵：「一個傻子，快他媽進棺材了，結的什麼婚！」

老爹會喜歡上誰呢？張闊百思不得其解。他在管護站，回城出入的場所就那麼幾家，難道他和理髮的或是開餃子館的好上了？張闊將他可能接觸的女人想了個遍，覺得沒一個具備這個條件，她們都有丈夫不說，還都是安分守己的女人。那麼問題該出在管護站了，而那裡能接觸到女人的地方，只有一河之隔的娘娘廟了，難道老爹竟和尼姑好上了？

張闊雖然不去娘娘廟，但她對三個尼姑不陌生。尤其是陳金秀，也就是如今的德秀師父，她的出家，瓦城人盡人皆知。最近住在張闊家的畫家，常去娘娘廟，帶回不少松雪庵的速寫，她得以見識另兩位出家人的樣貌，慧雪師太高而瘦削，目光慈祥，氣質沉靜，看上去超凡脫俗；而那個叫雲果的雖著僧袍，體態婀娜，眉眼也好，卻給人一種舊照片上色的感覺，有點俗氣。如果老爹和尼姑好，一定就是陳金秀了。他們年齡相當，且早就相識。而畫家速寫中的德秀師父，也一副在情感泥潭中掙扎的模樣，木呆呆的，分外憔悴。

張闊想老爹要娶的若是陳金秀，她會堅決反對。她做了尼姑，如果還俗嫁人，還不被人戳破脊樑骨？再說這個女人命不好，誰跟著她誰倒楣。

中秋節前一天，張闊買了月餅，打了一輛計程車，去看老爹，一探究竟。

她先去了廟裡，給三聖殿的送子娘娘磕頭，並看了看殿頂那傳說中的送子鶴。一隻白鸛單腿立著，縮著脖頸，似在夢遊。牠的白羽如雪，黑羽隱隱泛著華貴的紫色和綠色，最明媚的是牠那雙鮮豔的腳，像盛開的紅百合。

張闊看完白鸛，朝山門外走去，路過菜地，見德秀師父正在拔紅蘿蔔。松雪庵土質肥沃，並不板結，可她拔個蘿蔔累得氣喘吁吁的，當她抖摟蘿蔔帶出的泥時，她臉上的汗珠，以她臉上縱橫的褶痕為路徑，紛紛逃跑。

張闊清了清嗓子，叫了她一聲陳阿姨，問她還認得她不？她是張樹森的女兒。德秀師父聞聽此言，一個趔趄，差點撲倒在地，她努力站住，緩緩直起腰，吃力抬起頭，定睛看著張闊，喃喃自語道：「是你——俺認得——阿彌陀佛，你要用鞭子抽俺——，俺都沒說的，阿彌陀佛，犯了罪的人就該受罰的——」她這一番顛三倒四的話，讓張闊明白她和老爹之間有了私情。德秀師父臉上褶痕中還沒來得及逃到泥土中的汗水，讓她有著了毛毛蟲的感覺，害癢，德秀師父扔下通紅的蘿蔔，擦臉上的汗水時，手上沾染的泥土與汗水混合，嵌入皺紋，使她臉上彷彿盤桓著一條蜿蜒曲折的泥牆。張闊的心劇烈痛了一下，她快步走出山門，上了計程車，沒去管護站，直接回城了。她一路上含著淚，將帶給老爹的十塊月餅全都吞掉了。月餅甜膩，可她嘴裡心裡卻被苦味浸透了。

第十八章

天涼了，霜來了。金甕河流域由初秋到深秋轉換的速度極快，山林的樹葉和岸邊濕地的草葉，幾乎一天一個變化，大自然也進入了情感最為飽滿的時期。你看吧，昨天還是微黃的一片草葉，今晨感染了清霜，被陽光一照，它就彷彿暢飲了瓊漿，心都醉了，通體金黃。而今天還是微紅的一片樹葉，被冷風吹打了一夜，太陽一升起來，它就貪婪地吸吮光芒，結果火焰似的陽光，把它的臉燒得紅彤彤的了。風在此時成了媒婆，上午讓兩片草葉矜持地對望，下午就將它們吹得扭結在一起，緊緊相擁；昨天還不相識的兩片樹葉，一片在楊樹上，一片在白樺樹上，風挾持著它們，脫離樹身，飛呀飛呀，最終飄落一處，也許是溝塘，也許是鋪滿松針的松樹下，入了洞房。風兒成就的姻緣，熱烈，短暫。如果一場秋雨襲來，草葉和樹葉就被漚爛了，它們臉上生了黴斑，葉片出現裂紋，破衣爛衫的，風華不再。而它們身上，秋蟲哀鳴，一派荒蕪。

即將進入冬眠的動物，為著多儲存一些熱量，乾枯的蘑菇，零落的漿果，松子，橡子，都往肚裡填，都往洞穴搬運。而金甕河兩岸的夏候鳥，也做好了遷徙的準備。牠們與出遠門的人一樣，打點行裝，補充能量。牠們的行裝就是翅膀，為了讓牠更加剛健，牠們去河裡盡可能多地捕捉魚蝦，對管護站投食的穀物也呈現出前所未有的熱情。牠們也比以往更迷戀飛翔，從河畔飛到山谷，從矮樹叢躍到高樹，尤其是出生於此的小鳥，要跟上候鳥群遷徙的步伐，不想被風雪埋葬，更要把翅膀磨練得是搏擊長空的利劍。要知道天空也有坎坷，變幻的氣流，難料的暴風雨，以及準備飽餐牠們一頓的天敵所組成的追兵。所以此時的山林最不寂靜，植物乾枯以後，沒有水分浸潤，都成了擴音器，牠們的飛起降落，翅膀拍打落葉所發出的聲音，鼓掌似的，這裡落了，那裡又清晰響起，好像大地這一季的輝煌偉業，要由牠們一贊再贊。

中秋節的廟會過後，雲果師父雲遊去了。她來松雪庵後，是首度雲遊。去哪兒她沒說，只說落雪之前回來。廟門以外的人說起這事，大多沒好聽的，有人說她去打理從貪官那兒得來的財產去了，有人說她整容去了，還有人說她私會相好的去了。周鐵牙說，要是雲果真的去找男人了，一定是石秉德。他還攛掇曹浪，回瓦城時別忘了給石秉德打個電話，問他見沒見到雲果？

候鳥做著遷徙準備，候鳥人也一樣。來娘娘廟的遊客明顯少了，外地的候鳥人在冷風中豎起衣領，退掉旅館，離開租屋，漸次南飛了。本地的候鳥人也開始了遷徙準備，將閒置一冬的房屋做暖氣報停，打點行裝。此時的行裝差不多是故鄉吃食小倉庫，因為大大小小的行李中，除了在南方過冬必備的衣物，蘑菇木耳、榛子松子、豆角乾、西葫蘆乾、烘焙的野生漿果等這些瓦城人喜食的乾貨，以及他們吃慣的東北的芸豆黃豆大米小米，塞滿了行裝。當然行李中也有寵物箱，那是出發時攜帶貓狗的籠子。

到了此時，你去瓦城的平安大街走一圈，會發現候鳥人打招呼問候的方式，較初春他們歸來時大不一樣了。那時他們通常說的是「哎呀，還是有點冷啊，這地方真不中待啊」，現在說的大都是「哪天的航班？再不走雪來了，就得捂上棉衣啦」，那些無力做候鳥人而又渴望溫暖陽光的老人們——人群中的留鳥，聽到這樣的招呼，都會撇起嘴，做出不屑的姿態，他們在瑟瑟冷風中，抄著袖子踅進酒館，買醉去了。若是人多，聚在一起，又開始演繹候鳥的神話了，說候鳥人有啥好？你看今冬，邱老和莊如來不就不能南飛了嗎？他們最後那把灰，不是還埋在瓦城了嗎？

但候鳥人還是陸續南飛了，瓦城的機場，火車站，又喧鬧起來。

德秀師父的前夫，在中秋節的松雪庵廟會上，又上演了一齣苦情戲。不過他這次沒威脅她，且討錢的方式也文明了，提來一籠麻雀，賣給信眾放生。他賣麻雀時，鼻涕一把淚一把地訴說自己的不幸，人們可憐他，高價買麻雀放生。籠中的麻雀獲得自由，他的腰包也鼓了。目睹這一切的德秀師父，心中並無刺痛感，她已麻木了，每天想著就是遭報應。

德秀師父喝水時覺得會被嗆死，跨門檻時覺得會被絆倒摔死，切菜時覺得菜刀會飛舞起來，砍了她的頭，走夜路時覺得狼會出其不意地叼住她的褲腳，把她吃得連骨頭渣子都不剩。她覺得沒這麼快遭報應，是因為所受的折磨還不夠，所以她找過張黑臉一次，主動求歡，說那樣的話，自己的痛苦越深，被打入地獄的節奏就會加快。

此時的張黑臉，倒比德秀師父要清醒得多，他拉著她的手，拒絕了她的要求，說要等她還了俗，體體面面和她過日子，去床上做。德秀師父失落地離開，經過月牙橋時，不斷嘆息，覺得自己動了邪念，已是犯罪。她還想，如果這一世不遭報應的話，下一世也逃不掉的。下一世的報應會是啥呢？墮入畜道，變成牛馬，被狠心的主人用皮鞭日日抽打，還是被投入火海中受煎熬？她越想越怕，越怕越要想。想得頭皮發麻時，她就朝管護站方向張望，滿眼迷茫。

雲果走後，添燈油一類的事務，德秀師父就得承擔了。可她不是把燈油添得溢出，就是錯將佛龕的花瓶當燈，將燈油灑在那兒了。在法物流通處，有香客要買北菩提，單價七、八十元的手串，她收了百元大鈔後，往往要找還人家一張面額五十元的，人家說找多了，她攥著還到她手中、讓她重新找零的五十元面鈔，非常惶惑，喃喃自語：「啥是多，啥是少？」她竟連錢的面額都認不得了。

金甕河因兩岸草木凋敝，陡然開闊了。風兒像一支剛勁的筆，將盛夏時節山林這大塊文章，去除枝蔓，刪繁就簡，使之更有精氣神。夏候鳥在遷徙之前，在河裡盡興地攪起漣漪，畫出一個套著一個的空心圓，似乎在與河流吻別。雨燕飛走了，野鴨飛走了，大雁見落葉越積越厚，霜也愈來愈重，也做好編隊，只待出征了。首度來金甕河安家的東方白鸛，有一家已經遠行了。

張黑臉看著夏候鳥漸次南遷，為那隻有腿傷的白鸛而心焦，因為牠每一次起飛，都要在地面助跑很久，勉強躍起，也飛不高。曹浪沒聽從石秉德的，未等最後一批夏候鳥遷離，先回大城市去了，研究站的門，就此封上了。周鐵牙大多的日子泡在瓦城，偶爾驅車回來一趟，送點給養，也不過夜。他對張黑臉說，只要大雁和東方白鸛南飛，這一季的工作就宣告結束，可以回城。如果那隻受傷的白鸛飛不走的話，不用管牠，那是牠的命。

張黑臉表示，這隻東方白鸛不走，他就不撤。

周鐵牙說：「白鸛是幌子，你惦記著德秀師父吧？」

張黑臉也不遮掩，非常認真地說：「俺和我，兩樣都惦記著。白鸛得讓牠飛，娘娘廟的人，俺會讓她長出頭髮，冬天時娶她回家。」

周鐵牙哈哈一笑，只當他說胡話。

大雁在一個晴朗的早晨，在河畔聚集，給自己開歡送會似的，呀呀叫著，相互拍打翅膀，分批飛起，在空中集結，排成人字形，離開金甕河了。牠們在天空的姿態，就像一艘遠航的戰艦。

最後一批東方白鸛，選擇的則是黃昏時分遷徙。三隻成年白鸛，帶著牠們在這兒孵育的五隻白鸛，在落日中起飛。牠們選擇的列隊方式是，那對夫妻白鸛，雄性的在前領航，雌性的在中間，與來自兩個家庭的五隻新生白鸛並肩而行，斷後的是三聖殿上的那隻成年雌性白鸛。牠在遷徙之前，來到金翁河畔，看望牠的伴侶。牠們交頸低語，耳鬢廝磨，恩愛不捨。當斷後的雌性白鸛追隨牠們的孩子，飛向天空的剎那，落日血紅，牠就彷彿銜著落日在遷徙，孤獨地留在大地的那隻受傷的白鸛，仰望天空，發出陣陣哀鳴。

一場又一場的霜，就是一場又一場大自然的告白書，牠們充分宣示了冬天即將到來。夏候鳥飛走了，山林陷入了短時的寂靜。那隻無法離開的東方白鸛，並不氣餒，牠孤獨而頑強地在寒風中，一次次地衝向天空，一次次地落下，再一次次地拔頭而起。每當聽到牠飛起後又無奈落地的沉重聲響，張黑臉都要難過很久。他想著如果牠落雪前不能飛走，就把牠抱進管護站，飼養一冬。他不能讓明年春天牠的伴侶飛回時，見不到牠的蹤影。

張黑臉做好了為這隻白鸛而留守管護站的準備，甚至要推遲婚期。他修爐子，將掉皮的牆泥抹平，將窗戶釘上防風的塑膠布，將門檻用棉氈裹上。他還去山裡拾柴，一個冬天下來，火爐不知要吞掉多少柴火呢。一日下午，他正準備去拾柴，聽見空中傳來「嘎啊——嘎啊——」的叫聲，是一隻東方白鸛飛回來了，牠直奔河畔受傷的白鸛。張黑臉欣喜地奔過去，一望，果然是受傷白鸛的伴侶。看來牠將孩子們順利送上遷徙之旅後，還是放不下牠的愛侶。

「雪就要來了，抓緊飛吧，你們能行的——」張黑臉每日給牠們投食時，都要這麼鼓勵一句。牠們似乎聽懂了，在與時間賽跑，很少歇著。牠們以河岸為根據地，雌性白鸛一次次領飛，受傷白鸛一遍遍跟進，越飛越遠，越飛越高。終於在一個灰濛濛的時刻，攜手飛離了結了薄冰的金甕河，漸漸脫離了張黑臉的視線。

那天晚上，張黑臉吃過飯，刮了鬍子，就往娘娘廟走去。他本來是想求慧雪師太，讓德秀師父還俗，可他走到中途一想，雲果還沒回來，萬一他帶走了德秀師父，慧雪師太一個人在娘娘廟，那怎麼好？

張黑臉於是折身而歸，這時天空飄起了雪花，簌簌的落雪聲，讓他覺得那對白鸛走得真是及時。

第二天早晨，張黑臉還在酣睡，被「嘭嘭——」的敲門聲驚醒了，是德秀師父，因為下雪模糊了視線，她沒望見管護站的炊煙，以為佛主懲罰了張黑臉，他已下世，故來看看。她說無論如何，也要排開一切險阻，最後見他一面，所以提了禪杖。可是因為心急，路上摔了一跤，她把禪杖跌到山下去了，也沒顧上撿回。

德秀師父為張黑臉做了早飯，他們每人吃了一碗麵條，之後去山裡拾柴。下雪的緣故，柴火被雪掩埋了，分辨不清，再說他們迷戀兩個人在雪地無言行走的那種踏實和幸福感，所以忘卻了拾柴，一路向南，走了很遠很遠。直到中午，他們覺得肚子有些餓了，準備回返時，德秀師父首先看見松林的白雪地上，似有幾朵橘紅的花兒在閃爍。她叫著「阿彌陀佛——」，拽著張黑臉奔向那裡。那傲雪綻放的花朵，原來是東方白鸛鮮豔的腳掌！那兩隻在三聖殿坐窩的東方白鸛，最終還是沒有逃出命運的暴風雪。

這兩隻早已失去呼吸的東方白鸛，翅膀貼著翅膀，好像在雪中相擁甜睡。張黑臉指著牠們對德秀師父說：「這隻白鸛叫樹森，那隻叫德秀，我和你，你和俺，就是死了，咱把牠們埋了吧，要不烏鴉和老鷹聞到了，就把牠們給吃了。」

雪下林地還未凍實，他們沒有工具，為兩隻碩大的白鸛挖墓穴，只能動用十指。他們從中午，頂風冒雪，幹幹歇歇，一直挖到傍晚，十指已被磨破。當他們抬白鸛入坑時，那十指流出的鮮血，滴到牠們身上，白羽彷彿落了梅花，牠們就帶著這鮮豔的殮衣，歸於塵土了。

張黑臉和德秀師父葬完東方白鸛，天已黑了，他們飢腸轆轆，分外疲憊。

當他們拖著沉重的腿向回走時，竟分不清東西南北了，狂風攪起的飛雪，早把他們留在雪地的足跡蕩平。他們很想找點光亮，做方向的參照物，可是天陰著，望不見北斗星；更沒有哪一處人間燈火，可做他們的路標。

二〇一七年八—十月 一稿

二〇一七年十一月 二稿 哈爾濱

後記／漸行漸近的夕陽

去年夏秋之際，我在哈爾濱群力新居，住了四個月。其中大半精力，投入到了《候鳥的勇敢》的寫作上。

這套可以遠眺松花江的房子，面向群力外灘公園。每至黃昏，天氣允許，我總要去公園散步一小時。夏天太陽落得遲，也落得久長，西邊天湧動的深深淺淺的晚霞，忽而堆積起來，像一爐金紅的火；忽而又四處飛濺，像泣血的淚滴。當我迎著落日行走時，常被它晃得睜不開眼，一副半夢半醒的模樣；而與它背行時，夕陽就是架在肩頭的探照燈，照得腳下金光燦燦。

夕陽中總能看見各色鳥兒，在樹林和灘地間，飛起落下。常見的是彷彿穿著黑白修身衣的長尾巴喜鵲，還有就是相貌平平的麻雀了。麻雀在此時喜歡聚集在一棵大樹上，熱烈地叫，好像開會討論著什麼。有時我起了頑皮，會悄悄走過去一搖樹身，讓牠們散會。

我散步的時候，腦海裡常翻騰著正在創作中的《候鳥的勇敢》，候鳥管護站，金甕河，娘娘廟，瓦城的街道，這些小說中的地標，與我黃昏散步經過的場景，有一種氣氛上微妙的契合。不同的是，小說故事由春至冬，而創作它歷經夏秋。

我們所面對的世界，無論文本內外，都是波瀾重重。夕陽光影下的人，也就有了種種心事。所以《候鳥的勇敢》中，無論善良的還是作惡的，無論貧窮的還是富有的，無論衙門裡還是廟宇中人，多處於精神迷途之中。我寫得最令自己動情的一章，就是結局，兩隻在大自然中生死相依的鳥兒，沒有逃脫命運的暴風雪，而埋葬牠們的兩個人，在獲得混沌幸福的時刻，卻找不到來時的路。

這部小說寫到了多種候鳥，而最值得我個人紀念的，當屬其中的候鳥主人公——那對東方白鸛。我愛人去世的前一年夏天，有天傍晚，也是夕陽時分，我們去河岸散步，走著走著，忽然河岸的茂草叢中，飛出一隻我從未見過的大鳥，牠白身黑翅，細腿伶仃，腳掌鮮豔，像一團流浪的雲，也像一個幽靈。愛人說那一定就是傳說中的仙鶴，可是牠緣何而來，緣何形單影隻，緣何埋伏在我們所經之地，拔地而起，飛向西方？愛人去世後，我跟母親說起這種鳥兒，她說她在此地生活了大半輩子，從未見過，那鳥兒出現後我失去了愛人，可見不是吉祥鳥。可在我眼裡，牠的去向，如此燦爛，並非不吉，誰最終不是向著夕陽去呢，時間長短而已。因為八、九十年，在宇宙的時間中，不過一瞬。我忘不了這隻鳥，查閱相關資料，知道牠是東方白鸛，所以很自然地在《候鳥的勇敢》中，將牠拉入畫框。

從一九八六年我在《人民文學》發表首部中篇《北極村童話》，到二〇一八年《收穫》雜誌刊登這部《候鳥的勇敢》，三十多年中，我發表了五十多部中篇，它們的體量多是三、五萬字，但這部中篇有八、九萬字，成為我中篇裡篇幅最長的。完稿後我改了兩稿，試圖壓縮它，沒有成功，我這樣說並不是說它完美，而是說它的故事和氣韻，該是這樣的長度吧。這也使得我有機會，在人民文學出版社，在新的一年，能夠奉獻給親愛的讀者一冊小書。我不知道《候鳥的勇敢》這條山間河流，自然沖積出的八、九萬字的小小灘地，其景其情能否吸引人，願它接受讀者的檢驗。

讓我再一次回望夕陽吧，寫作這部作品時，我夏天在群力外灘公園散步時，感覺夕陽那麼遙遠，可到了深秋，初稿完成，夕陽因為雄渾，顯得無比大，有股逼視你的力量，彷彿離我很近的樣子。這時我喜歡背對它行走，在凝結了霜雪的路上，有一團天火拂照，脊背不會特別涼。

二〇一八年一月六日　哈爾濱

國家圖書館出版品預行編目資料

候鳥的勇敢 / 遲子建作. -- 初版. -- 臺北市 : 麥田, 城邦文化出
版 : 家庭傳媒城邦分公司發行, 2019.12
面； 公分. -- (當代小說家 ; 29)

ISBN 978-986-344-709-2（平裝）

857.7 108017702

當代小說家 29

候鳥的勇敢

作　　者　遲子建
主　　編　王德威
責任編輯　林秀梅

版　　權　吳玲緯
行　　銷　巫維珍　蘇莞婷　黃俊傑
業　　務　李再星　陳紫晴　陳美燕　馮逸華
編輯總監　劉麗真
總 經 理　陳逸瑛
發 行 人　涂玉雲

出　　版　麥田出版
104台北市民生東路二段141號5樓
電話：(886)2-2500-7696　傳真：(886)2-2500-1967
發　　行　英屬蓋曼群島商家庭傳媒股份有限公司城邦分公司
104台北市民生東路二段141號11樓
書虫客服服務專線：(886)2-2500-7718、2500-7719
24小時傳真服務：(886)2-2500-1990、2500-1991
服務時間：週一至週五09:30-12:00．13:30-17:00
郵撥帳號：19863813　戶名：書虫股份有限公司
讀者服務信箱E-mail：service@readingclub.com.tw<mailto:service@readingclub.com.tw>
麥田部落格：http://ryefield.pixnet.net/blog
麥田出版Facebook：https://www.facebook.com/RyeField.Cite/

香港發行所　城邦(香港)出版集團有限公司
香港灣仔駱克道193號東超商業中心1/F
電話：852-2508 6231
傳真：852-2578 9337

馬新發行所　城邦(馬新)出版集團〔Cite (M) Sdn Bhd.〕
41-3, Jalan Radin Anum, Bandar Baru Sri Petaling,
57000 Kuala Lumpur, Malaysia.
電話: (603) 9056 3833
傳真: (603) 9057 6622
E-mail：services@cite.my

設　　計　朱疋
電腦排版　宸遠彩藝有限公司
印　　刷　前進彩藝有限公司

初版一刷　2019年12月

定價／340元

ISBN：978-986-344-709-2